KB266625

서점 괴담

서점 괴담

오카자키 하야토
장편소설

민경욱 옮김

팩토리나인

차례

일러두기

- 모든 주는 옮긴이 주입니다.
- 전화와 영상 통화의 경우 독자의 이해를 돕기 위해 홑낫쇠(「 」)로 구분하
  였습니다.

이전에 《그래서 킬러는 소설을 쓸 수 없어》를 집필한 뒤로 서점 직원 중에 지인이 늘었다.

그중 한 사람에게 이런 이야기를 들었다.

"아까 손님에게 들었어요. 모리시오盛り塩, 소금을 삼각뿔이나 원뿔형으로 쌓아 현관이나 집에 두어 부정을 씻는 풍습를 해두는 게 좋겠대요. 여기에 뭔가 있다네요."

후유무라 씨는 40대 중반의 여성이고, 신간을 다루는 대형 서점 체인의 오카야마 지점 점장이다. 서점 이름은 오린도서점이라고 하자. 미리 말해두겠는데 이 작품에 등장하는 고유명사 대부분은 가칭이다. 실제 명칭을 썼을 때 지장이 생길 부분은 다 감췄다.

후유무라 씨는 1킬로그램이나 되는 소금 포대를 안고 서점 안을 걸어 다니고 있었다. 결국 너무 궁금해서 말을 걸고야 말았다.

“뭔가 있다니, 구체적으로 뭔데요?”

“알려주지 않았어요. 그냥 뭔가 있다고만 했어요.”

흠. 나는 생각한다.

그녀가 말을 이었다. “실은 우리 지점의 직원용 엘리베이터에 이상한 게 나온다는 소문은 옛날부터 있었어요. 아르바이트 여직원이 봤다거나. 그게 싫어서 계단만 이용하는 사람도 있어요.”

“그 사람들은 뭘 봤대요?”

“이상한 것, 이래요. 난 영감(靈感) 같은 게 없어서 잘 모르겠는데. 때마침 비품 살 일이 있어서, 소금을 사서 쌓아볼까 했죠.”

몇 주 뒤, 다른 서점에서 사인회를 가졌다. 오카야마현 구라시키시에 있는 가스가서점이었다. 여기도 대형 체인의 지점이라 가칭을 쓰겠다. 현에서 최고 수준의 매장 면적을 자랑하는 터라 산더미처럼 쭉 늘어선 신간들이 번쩍번쩍해 눈이 아플 정도였다.

사인회에는 고단샤의 담당 편집자 히시카와 씨도 도쿄에서 와주었다. 히시카와 씨는 젊은 남성이고 아마도 스물여섯이라고 했던 것 같다.

사인회에 앞서 점장인 기노시타 씨와 잡담을 하고 있었다. 그는 쉰 살 정도의 남성이고 3년 전까지는 가가와현 마루가메시의 지점에서 점장을 맡았다고 한다. 체인점이라 근무지 이동은 의외로 잦은 편이라고 한다.

“그런데 거기, 좀 이상한 일이 있어서…….”

점장이 문득 생각난 듯 말해서 자세히 물어봤다. 히시카와 씨는 전화를 받느라 자리를 뜬 상태였다.

이야기를 정리하자면 다음과 같다.

“‘머리가 긴 직원분은 오늘 없나요?’라고 묻는 손님이 있었어요. 이야기를 듣자니 머리가 허리까지 오는 사람이래요. 그렇지만 그런 스태프는 없었어요. 그래서 없다고 대답하고 무슨 일이시냐고 물었더니 ‘아니, 별일 아니에요’라며 그 손님은 돌아갔어요. 평범한 샐러리맨이었죠. 그게 5, 6년쯤 전 일이에요. 그리고 시간이 한참 흘렀죠. 분명히 제가 지점을 옮기기 몇 주 전 일일 겁니다. 우아해 보이는 작은 몸집의 노부인이 계산대로 와서 이렇게 물었어요. ‘머리가 긴 직원분은 오늘 없나요?’ 자기 허리를 가리키며 여기까지 머리를 기른 사람이라고요. 그 말을 듣고 전에도 똑같은 말을 들은 게 생각났죠. 그 여성의 복장이 어땠는지 물었습니다. ‘거무스름했다’라는 거예요. 조끼를 입었느냐고 물었더니 ‘그런 건 안 입었다’라고 했고요. 그렇다면 절대 우리 직원이 아니라고 알렸어요. 우리 직원은 반드시 체크무늬 조끼를 입거든요. 그게 유니폼이에요. 그랬더니 노부인이 이렇게 말했어요. ‘하지만 그 사람, 가끔 카운터 안에 서 있는데.’”

흠. 또 생각한다.

“실은…….”

나는 오린도서점에서 들은 이야기를 전했다.

"아…… 거기는 오카야마 공습 때 불타서 벌판이었던 곳이잖아요? 무슨 관계가 있을까요?" 기노시타 씨가 물었다.

사인회를 마치고, 나와 히시카와 씨는 비칸 지역 근처의 튀김집에 들어갔다. 요리가 나오기를 기다리면서 생각해둔 이야기를 꺼냈다.

"서점이 무대인 호러, 신선하지 않나요?"

병원이나 학교, 폐가, 묘지…… 같은 곳이 일반적인 호러 무대다. 그러나 서점이 주요 무대인 호러 작품은 내 지식이 짧아서인지는 모르겠으나 아는 바 없다.

술이 약한 히시카와 씨는 탄산수 컵을 든 손을 멈추고 말한다. "서점이라면 고서점이요? 낡은 가게의 불온한 분위기 같은?"

"아뇨. 신간 서점이 좋겠어요. 깨끗하고 형광등 불빛이 환한 가게요."

나는 두 서점 직원에게 들은 기묘한 이야기를 전했다.

"이런 느낌이 오히려 사실성이 강해서 실화 같은 에피소드에 빠져들 것 같은데."

흠……. 히시카와 씨는 천천히 고개를 끄덕이고 말했다.

"구체적인 줄거리가 있나요?"

"아뇨, 아직은 없어요. 이제부터 새로운 기획으로 키워보는 게 어떨까요?"

"그렇군요. ……하긴, 요즘 호러가 유행이기는 해요. 아마 당분간 수요는 더 있겠죠."

"서점이 무대라면 서점 직원들의 호응도 얻기 쉬울 겁니다. 또 내 작가성이나 문체도 호러와 어울리지 않을까 생각하던 차예요. 어려서부터 호러 작품을 좋아했던 터라 소질도 있지 않을까 싶고."

나는, 필사적이었다.

실은 지난 몇 개월, 다음에 낼 장편소설 기획안을 편집부에 끊임없이 제출했다.

데뷔작과 두 번째 작품인 《그래서 킬러~》 사이에 꽤 긴 공백이 있어서 세 번째 작품은 최대한 빨리 내고 싶었다. 그래서 제목과 콘셉트, 플롯 등을 정리한 기획서를 여러 차례 히시카와 씨에게 보냈다. 그런데 좀처럼 오케이를 받지 못하고 있다. 편집부는 '과거 작품과는 좀 결이 다른 작품을 보여줬으면 한다, 그럼으로써 작품 스타일의 폭이 넓다는 점을 독자들에게 어필하고 싶다'라는 생각이 있는 듯하다.

나는 지난 8년 동안 오카야마 시내의 디자인 회사에서 일했다. 그러나 전업 작가가 되려고 바로 퇴직을 결정했다. 오늘이 8월 24일. 다음 주면 드디어 유급 휴직을 다 쓰고 진짜 퇴사한다. 그런 상황임에도 좀처럼 기획이 통과되지 못하고 있어서 너무나 초조했다.

오늘, 서점에 진열된 수많은 책을 보며 위가 무거워졌던 기억이 되살아난다. 일본에서는 해마다 6만 5,000권, 하루에 200권 가까이 신간 서적이 쏟아진다. 그 가운데서 어떻게 내가 설 자리를 만들어낼 것인가…….

작가로서 살아남기 위해서라도 반드시 여기서 히트작을 내고 싶었다. 어느새 나는 테이블 위로 몸을 내밀고 있었다.

히시카와 씨는 한참 침묵을 지키다 마침내 입을 열었다. "……맞아요. 재미있을 수도 있겠네요."

"고맙습니다." 곧바로 대답했다. 심박수가 높아져 있다.

히시카와 씨가 말을 이었다. "그렇다면……."

히시카와 씨는 대졸 신입으로 고단샤에 입사해 3년밖에 안 된 신참이다. 《그래서 킬러~》 집필 중 전 담당자가 이동하는 바람에 배턴 터치 형식으로 담당자가 되었다. 솔직히 처음에는 너무 젊어 불안하기도 했다. 그러나 그의 독서량은 지나치리만큼 풍부했고 아이디어도 적극적으로 제시하는 타입이라 불안은 금세 안심으로 바뀌었다. 그는 허세를 부리거나 자신을 내세우는 일은 절대 하지 않는 사람이었다. 쓸데없이 아는 척을 하지 않아서 아이디어 회의도 아주 편했다. 든든한 편집자로서 그를 신뢰하고 있다.

그가 말했다. "그렇다면 취재 삼아 전국 서점 직원들의 경험담을 모집하는 건 어떨까요? 직장에서 실제로 경험한 무서운 이야기를. 그렇게 모인 괴담을 참고하면서 어떤 구성으로 할지 생각하는 방식을 채택해보실래요?”

어리둥절했다. 아니, 멋진 아이디어라고 생각했다.

“그거…… 정말 흥미롭네요. 모집 자체가 홍보겠어요.”

말은 그렇게 했지만 약간의 불안이 머리를 스쳤다. 새삼 기획이 실현될지 의구심이 들었다. 확실히 ‘서점×호러’는 신선하다. 그러나, 그러나 정말로 그런 이야기가 모일까? 내게 기묘한 이야기를 알려준 두 지점이 특별한 곳이고 다른 서점에는 그런 현상이 전혀 일어나지 않았을지 모른다. 모집까지는 좋은데 만약 아무도 보내지 않는다면 나는 물론 편집부의 사기와 기대마저 떨어지고 마는 게 아닐까…….

아니다, 이제 와서 돌이킬 순 없다.

히시카와 씨가 이야기를 계속해나간다. “다른 부서 사람에게도 도움을 요청해 최대한 많이, 널리 모아볼게요. 고단샤 문예 3팀 SNS로도 모집해보죠. 가칭이라도 기획 제목이 있으면 좋겠네요.”

내심 치솟는 불안을 억누르며 몇 가지 제안을 내놓았다.

그리하여 일단, 기획 이름은 ‘서점 괴담(가제)’이 되었다.

모집이 시작되었다.

1장

괴담의 수집

경험담은 우리의 예상보다 훨씬 많이 모였다.

모집을 시작한 지 엿새째, 히시카와 씨가 메일을 보내왔다.

'이미 30건 가까이 수확이 있었습니다! SNS 반응도 좋은 느낌입니다. 특히 반응이 좋은 데는 오프라인 서점입니다. 연락을 넣은 서점에서 속속 경험담이 오고 있습니다.'

메일 내용에서 그의 흥분이 고스란히 전해졌다. 나도 놀랐고 기뻤다.

히시카와 씨는 다음과 같은 방법으로 경험담을 모았다.

일단은 고단샤 판매부의 협조를 구했다. 판매부는 전국 서점과의 창구로 신간을 홍보하거나 주문을 받는 부서이다. 그 판매부 담당자에게 기획 내용을 전달해 협조를 구한 것이다. 그리고 판매부 쪽에서 각지 서점에 일제히 연락했다고 한다. 그때 나와 히시카와

가 작성한 기획서를 첨부했다.

나아가 히시카와 씨는 직접 만난 서점 직원들에게 알리기도 했다. 편집부와 서점 직원은 상을 응모하거나 신간 발매 때 평을 받기도 하는 등 다양하게 관계를 맺고 있다. 그런 활동에 의욕적인 서점 직원들은 업계를 활성화하겠다는 열의를 불태우고 있다. 이번 요청에도 마찬가지였다. 다들 지인에게 알리거나 계열 서점에 전달하는 등 적극적으로 힘을 보태주었다고 한다.

거기에 SNS 투고도 가세했다. 모두의 도움이 너무나도 감사했다. 히시카와 씨의 유능함에 새삼 감탄했다. 일단, 경험담은 모두 히시카와 씨의 회사 메일 주소로 보내게 했다.

그는 우선 도착한 모든 내용을 내게 전송했다.

당연한 일이겠으나 모인 경험담은 문체도 분량도 저마다 달랐다. 예를 들어 짧은 것은 이런 수준이었다.

분명히 실내조명을 껐는데 다음 날 출근하면 켜져 있을 때가 많다.

반면 긴 것도 있다.

'오전 3시의 이상한 전화~다섯 번 울릴 때까지 받지 않으면······.'

이는 2년 전 여름밤에 겪은 일입니다. 낮 동안 지글지글 끓어 올랐던 지면이 밤이 되어도 쌓인 열을 뿜어내어······ 몇 시가 되어도 무더운…… 그런 열대야가 매일 밤 이어지던 어느 날 밤이었습니다.

우리 서점은 쓰나미 후의 황무지에 세워진 곳입니다. 그래선지 전부터…….

이런 식으로 시작되어 원고지로 스무 장 이상에 달하는 역작도 있었다.

당연히 공포담으로서의 강도도 제각각이었다. 양질의 호러 작품을 만났을 때처럼 흠칫할 때도 있고 그저 잘못 봤거나 착각으로 여겨지는 것도 있었다.

그래도 어쨌든 전국 각지, 수많은 서점에서 30건 가까이 불가사의한 사건이 모인 셈이다. 어떨까. 모든 게 거짓말이나 지어낸 이야기라고는 할 수 없겠지. 다만 기분 탓이나 착각으로 생긴 일이 상당할 듯하다.

온라인 회의 프로그램을 이용해 히시카와 씨와 대화한다.

「예상보다 많이 모였어요…….」그는 감동한 듯 말했다.

기획에 적극적인 모습을 보여주는 것 같아서 기뻤다.

히시카와 씨는 바로 제안을 했다. 「백물어百物語, 촛불을 켜놓고 돌아가며 재미있는 이야기를 하는 에도시대에 유행한 놀이에서 비롯된 괴담 모음집에 도전해보면 어떨까요?」

즉 모은 경험담을 내가 다시 써서 100편을 한 권으로 모으자는 소리다.

재미있겠다. 백물어라는 고전적인 형식을 활용한 작품은 현대에도 성과를 여럿 냈다. 예를 들어 오노 후유미의 《귀담백경》, 만화이기는 하지만 스기우라 히나코의 《백물어》가 있다. 그런 장르에 도전한다니 대단한 영광이고 보람도 있을 것이다. 다만 걱정거리도 몇 가지 있다.

우선 아주 단순한 문제로, 이야기가 그만큼 모이느냐는 것이다.

단순히 숫자만 채운다고 해서 바로 재미있는 책이 되는 건 아니다. 뛰어난 괴담 작가인 히라야마 유메아키도 같은 말을 한 바 있다. 애당초 밋밋한 경험담으로는 아무리 연출을 덧붙이거나 문장으로 꾸며도 재미있지 않다고.

그에 대해 히시카와 씨는 이렇게 말했다. 「마이조 오타로의 《신야 햐쿠타로》는 다 지어낸 이야기입니다. 수가 부족하면 작가님이 처음부터 창작한 작품을 섞으면 됩니다. 물론 창작이란 건 숨기고요. 그러면 에피소드에 자연스러운 변화가 생겨 독자도 지루함 없이 읽을 수 있지 않을까요?」

다음 문제가 바로 그것이었다. 과연 정말로, 한정된 무대에서 100건이나 되는 다른 에피소드로 지루함 없이 독자들을 끌고 갈 수 있느냐는 점이다.

다만 이는 결국, 내 재량이라는 소리다. 히시카와 씨도 물론 그건 알고 있다. 그 제약을 알고도 재미있게 해달라, 원래 그런 기획이지 않았냐? 그렇게 주장하고 있다. 그래서 내 걱정은 입에 담지도 못했다.

반대로 나는 이렇게 말했다. "만약 흥미로운 경험담이 있으면 서점 직원을 직접 취재할 수 있을까요?"

그게 더 생생한 이야기를 쓸 수 있다.

「물론이죠. 제가 연락하겠습니다.」 히시카와 씨는 말했다.

물건이 될지 못 될지는 어쨌든 해보지 않으면 모를 일이다.

히시카와 씨의 허락을 받아 일단 몇 가지 경험담을 테스트로 리라이팅해보기로 했다. 써보면서 나름대로 대응점과 주의점 등을 파악하고 싶었다. 어떤 이야기를 다시 쓸지는 분량과 내용을 보면서 히시카와 씨와 논의해 결정했다.

회의 마지막에 질문을 던졌다. "실제로 유령이나 괴이(怪異)의 존재를 얼마나 믿어요?"

먼저 내 태도를 명확히 해두자면 나는 그렇게 적극적으로는 믿지 않는다. 콘텐츠로서 호러와 괴담은 사랑하나 유령이 정말 존재하느냐고 묻는다면 모르겠다고 답할 것이다. 유령을 본 적이 없기 때문이다. 반면 봤다는 사람을 부정할 만한 이유도 증거도 없다. 또 나도 새해가 되면 첫 참배를 드리러 신사에 간다. 불단 앞에서 합장도 하고 위패나 묘에 침을 뱉는 일은 절대 하지 않는다. 그 정도의 균형 감각으로 살고 있다.

히시카와 씨는 나보다도 훨씬 합리성을 중시하는 듯했다. 주로 인간의 심리 측면에서.

「저도 유령을 봤다는 사람을 부정하지 않습니다. 그 사람에게는 진실이겠죠. 다만 그 역시 안고 있는 맥락의 차이에서 발생한 인지 오류에 불과하다고 생각합니다. 저로서는 신이나 종교가 인간의 필요로 발명되었듯이 유령도 필요해서 목격된다고 생각합니다. 그게 더 쓸쓸하지 않기 때문일까요. 아무리 무서운 모습이라도 사후 세계와 소통할 가능성이 남아 있는 편이 전혀 없는 것보다는 나을 테니까요.」

참고로 나중에 등장하는 한 신사의 신관에게 들은 바에 따르면 유령을 포함한 오컬트나 초현실적인 현상을 어떻게 받아들일지는 교단 안에서도 의견이 팽팽하게 나뉘어 있다고 한다.

유령의 존재를 인정하는 사제도, 절대 인정하지 않는 사제도 있단다. 의외이기도 하고 당연한 말이기도 하다.

그리하여 회의를 끝내고 리라이팅 작업에 몰두했다.

실화 괴담을 이야기로 만들 때 자주 언급되는 점이 생생함이 흐려지므로 사건을 너무 각색하면 안 된다는 것이다. 나도 직감적으로 알아차렸다. 그래서 사건 자체에는 전혀 손을 대지 않았다. 읽을거리가 될 수 있게 묘사와 보충 설명을 조금 덧붙이는 정도에 그쳤다.

다음은 다시 쓴 괴담들이다. 제목은 내가 임시로 붙였다.

〈뒤에 있는 손님〉 후지북스 신주쿠 지점, N 씨

N 씨는 신주쿠 지점의 정직원으로 일하는 30대 여성이다.

그녀는 문학과 교양 분야를 함께 담당하고 있다. 분야 담당이란 그 장르의 매장 공간이 매력적인 장소로 보이도록 책임을 진다는 뜻이다. 신간을 보기 좋게 배치하고 POP 문구를 직접 쓰고 필요한 책을 추가로 주문하는 일련의 작업을 담당한다.

최근에는 어느 서점이나 만성적인 인력 부족에 시달리고 있어서 혼자 여러 분야를 담당할 때가 많다. 해당 분야의 책장을 얼마나 잘 관리하는지는 매출과 직결된다. 책임이 무거운 자리이자 보람이 있는 일이기도 하다.

작년 가을이었다고 한다.

서점의 아침은 엄청난 짐을 푸는 일부터 시작된다. 그날은 신간 입고가 많았다. 오픈에 맞출 수 있게 N 씨를 비롯한 스태프들은 도착한 책의 개봉 작업에 필사적으로 매달렸다.

짐을 다 풀면 다음은 책 진열이다. 자기가 담당하는 장르의 책을 북 트럭이라 불리는 대차에 싣는다. 그리고 매장의 책장까지 운반해 빠르게 진열한다. 일단 인기 작가의 신간을 우선 배치한다. 나이 든 손님들의 아침은 이르다. 오픈과 동시에 잔뜩 기대하고 사러 오는 사람이 있다. 기대에 부응할 수 있도록 서둘러 작업했다. 그 작업이 끝나면 이어서 보충에 들어간다. 이는 문자 그대로 책이 다 팔려 추가 주문한 서적이다. 이것도 책장에 진열한다.

이때가 되면 이미 오픈 시간이 된다. 고객들이 원하는 책을 찾아 서점 안을 돌아다니고 있다.

당연히 책장 공간에는 한계가 있다.

팔릴 조짐이 보이지 않는 책은 책장에서 치우고 반품해야 한다. N 씨에게는 이 일이 가장 속앓이하는 작업이다. 어떤 책을 반품해야 할까. 매출 데이터와 유사 상품의 유무, 출판사 반품 조건 등을 고려하면서 책장에서 치울 책을 고른다. 사실은 모든 책을 진열해 팔고 싶다. 반품 직후에 그 책을 문의하는 고객이 있어서 속상했던 게 한두 번이 아니다.

교양 분야 책장에서 책을 뽑다가 문득 자신이 비지땀을 흘리고 있음을 깨달았다. 정신을 차리고 보니 이까지 살짝 악물고 있었다.

무슨 일이지? 묘하게 공기가 불쾌했다. 습도가 기이할 정도로 높게 느껴진다. 주위를 둘러봤다. 특별한 이변은 없다. 그렇다면 기분 탓인가? 아니면 몸이 좋지 않나?

일단 참으며 작업을 계속했다. 심한 감기에 걸렸을 때처럼 오한이 들었다. 으슬으슬한데 피부는 뜨겁고 비지땀이 멈추지 않았다. 책장에 나란히 놓인 대량의 책등을 보고 있는데 괜스레 현기증이 나는 듯했다. N 씨는 작업하던 손길을 멈추고 이마를 닦았다.

그때 누군가 뒤를 지나가는 기척이 났다.

"죄송합니다."

N 씨는 몸을 살짝 앞으로 내밀어 책장에 몸을 붙였다. 옷감이 허

리 뒤를 스치는 느낌이 들었다. 힐끔 곁눈질로 보는데 통로에는 아무도 없었다. 반대편을 봐도 아무도 없다.

의아했다. 작업 중이던 책을 안고 책장을 돌아봤다. 아무도 없다. 이번에는 반대편 책장을 돌아본다. 아무도 없다. 저 멀리 떨어진 곳에서 커플이 그림책을 보고 있는 모습이 보였다. 순식간에 저기까지 이동할 리는 없다.

N 씨는 혼란스러웠다. 허리를 스친 감각이 생생해 착각이라고 생각할 수 없었기 때문이다. 손님이나 다른 스태프가 스치듯 뒤로 지나가는 일은 종종 있다. 그때 느끼는 기척이나 감촉과 분명 똑같았는데. 착각이었나.

한 달쯤 지나 서점 에스컬레이터 근처에 영수증이 떨어져 있는 걸 발견했다. 주우려고 허리를 굽히는데 그 뒤를 누군가가 지나갔다. 돌아보니 아무도 없었다.

그 후로도 비슷한 일이 이따금 발생하고 있다. 지난번에는 서점의 유니폼인 앞치마 끈이 풀렸다. 등에서 묶는 끈이다. 마치 누가 잡아당긴 것 같았다.

〈퇴직〉 가후도서점 요코하마 지점, T 씨

"왜 이제 얘기하나 싶었어요." T 씨는 씁쓸하게 웃으며 말했다.

그는 요코하마 가후도서점의 점장이다. 그의 중요한 업무로 근태 관리와 인사가 있다.

어느 날, 2년간 근무한 아르바이트 스태프 O 씨가 퇴사를 신청했다. 20대 후반의 여성이다. 아침, 그녀는 출근해 탈의실에 들어갔다. 그러나 곧바로 사복 차림 그대로 나왔다. 그리고 그길로 사무실에서 작업하고 있던 T 씨에게 퇴직하겠다고 알렸다. 의자를 가져와 그 자리에서 이유를 물었더니 "더 몰두할 일을 하고 싶다", "이대로는 비전이 보이지 않는다"라고 말했다.

그녀는 전부터 가시 돋친 말을 종종 내뱉어 도드라진 존재였다. 그 때문에 직장 분위기가 나빠졌고 고객의 민원을 받은 적도 있다. 그녀는 언제나 신경이 곤두서 있고 초조해 보였다. 사실 T 씨는 이게 이상했다.

"면접 때와 전혀 달랐거든요."

면접할 때 그녀의 인상은 기가 약하고 조용하고 생각이 많아 보였다. 늘 조그만 목소리로 이야기를 시작할 때마다 "저기, 죄송한데요"라는 말을 붙였던 걸로 기억한다. 그런데 일하기 시작하자마자 묘하게 신경에 거슬리는 말을 할 때가 늘었다. 이 변화가 T 씨에게는 이상하게 보였다.

"왠지 문득, 거짓말이 아닐까 하는 생각이 들었어요."

더 보람 있는 직장에서 일하고 싶다, 라는 말을 되풀이하는 그녀의 말이 진심이 아닌 느낌이 들었다고 한다. 그와 동시에 눈앞에서 말하는 O 씨의 눈이 T 씨가 아니라 힐끔힐끔 다른 곳을 보고 있음을 깨달았다. 그녀 모르게 그 시선을 따라간다. 그 끝에 탈의실이 있었다. 남성용과 여성용 탈의실이 나란히 있었다.

T 씨가 질문을 던졌다. "탈의실에서 무슨 일이 있었어?"

그 순간, 불쾌한 듯 올라가 있던 O 씨의 눈썹이 푹 꺾였다. 그녀는 한참 침묵을 지킨 끝에 "……무서워서"라고 속삭였다.

"뭐가?" T 씨가 물었다.

갑질, 가스라이팅, 괴롭힘 같은 단어들이 뇌리를 스쳤다. 그렇다면 큰 문제다.

그러나 O 씨는 이렇게 입을 열었다. "사물함을 열면 이따금 서 있어요. 아주 무서운 얼굴을 하고요. 그래서 옷 갈아입는 게 무서워요."

T 씨는 할 말을 잃었다. 이야기가 생각지도 못한 방향으로 전개되었기 때문이다. O 씨의 말투가 어린애처럼 변한 것도 께름칙했다. 간신히 두 번째 질문을 던졌다.

"사물함 안에…… 사람이 있어?"

"머리가 천장에 붙어 있어요."

"남성? 여성?"

"아까도 있었어요."

"지금도 있다고?"

O 씨는 당황한 듯 자기 가방에서 종이 팩에 든 주스를 꺼내 소리를 내며 마시기 시작했다.

기묘했다. 수상한 사람이 숨어 들었다면 대응할 필요가 있다. 서점은 경비회사와 계약되어 있다. 그러나 확인 없이 경비회사에 연락하기는 꺼려졌다.

T 씨는 각오를 다졌다. 여성용 탈의실로 다가가 닫힌 문에 노크했다. "안에 누가 있나? 문 좀 열게." 문을 열었다. 아무도 없었다. 사물함은 일곱 개였다. "어떤 거야?"라고 고개를 돌려 O 씨에게 물었다. O 씨는 빨대에서 입을 떼고 "가장 안쪽"이라고 대답했다.

마음이 무거웠다. 누군가 다른 직원이 와주면 좋겠다고 생각했다. 무거운 걸음으로 가장 안쪽 사물함으로 다가갔다.

차가운 문에 손을 댔다. 땀으로 손가락이 축축했다.

문을 열었다.

아무도 없었다.

어쩐지 안심이 되었다. 숨을 내쉬고 문을 닫았다. 혹시나 해서 옆 사물함도 열면서 "아무도 없어"라며 사무실에 대고 말했다.

답이 없었다.

탈의실을 나와 보니 O 씨는 사라지고 없었다.

그녀의 휴대전화에 전화를 걸어도 받지 않았다.

이틀 뒤, 서점에 사직서가 도착했다. 이후로 그녀는 나타나지 않았다.

〈SOS〉 아사히카와북센터 진보초 지점, E 씨

지금은 체인점에서 일하고 있지만, 대학생 때 아르바이트한 곳은 개인 서점이었습니다. 그 서점에는 문학 코너 구석에 추천 책을 소개하는 평대(평면 진열대)가 있었습니다. 1월은 시대소설, 2월은 연애소설이라는 식으로 달마다 장르를 바꿔 괜찮은 책을 골랐죠.

직원들은 그 평대에 한 가지 징크스를 갖고 있었습니다. 미스터리, 혹은 호러를 소개하는 달이 되면 그 진열대 바로 위의 전구가 나간다는 거였습니다. 바로 며칠 전에 교환했는데 미스터리를 진열하면 전구가 깜빡거리기 시작하고 곧 완전히 꺼지는…… 일이 많았습니다.

다만, 상당히 기이한 일이기는 했으나 사람들이 정말 무서워했던 건 아닙니다. 그 현상에 익숙해지기도 했고 결국은 배선 같은 데가 고장 난 거겠지, 이런 식으로 대충 정리했기 때문일지도 모르겠네요.

그 일은 호러 추천 책을 진열한 다음 날 밤이었습니다. 전구가 깜빡깜빡 점멸하기 시작했어요. 징크스대로. 저는 그때 계산대에서 작업하고 있었습니다. 그때 함께 작업하던 여성 스태프가 "어라? 저거 모스 부호 아닐까?"라는 말을 꺼냈습니다.

"응?" 제가 되묻자, 장난처럼 "저거, SOS 사인이야"라고 말했습니다. 그리고 점멸에 맞춰 "봐! 구해줘, 구해줘"라고 말했습니다. "그만해요." 저는 웃으며 말하고 그녀의 팔을 잡았습니다. "구해줘, 구해줘." 그녀는 말했습니다. 전구를 바라보며 더 "구해줘, 구해줘"라고 반복해서 제가 "이봐요, 그만 좀 해요"라며 진지하게 말했죠.

그녀는 "구해줘"라고 말하며 부릅뜬 눈에서 눈물을 뚝뚝 흘렸습니다. 그녀가 전혀 눈을 깜빡이지 않고 있음을 깨달았어요. 그 입에서 눅눅한 흙냄새 같은 게 났고요. 제 발이 떨리기 시작했어요.

뒷걸음치고 싶은 마음을 간신히 참고 "○○ 씨!"라고 큰 소리로 그녀의 이름을 불렀습니다. 그러자 그녀는 깜짝 놀라 저를 보더니 얼굴을 구기며 엉엉 울었고요.

"이상한 걸 봤어. 이상한 걸 봤어."

지직, 소리를 내며 전구가 완전히 나갔습니다. 결국은 점장이 그녀의 집에 전화를 걸어 그녀를 데리러 오게 했습니다. 아버지 품에 안겨 자동차 뒷자리에 누운 그녀는 눈을 감고 입에 손등을 대고 있었습니다. 그 후 그녀와는 두세 번 근무가 겹쳤지만 그날 밤 이야기는 하지 않았습니다.

〈어머니의 책〉 마야마서점 나고야 지점, G 씨

당연한 일이겠으나 서점 직원 중에는 책을 좋아하는 사람이 많습니다. 저도 마찬가지입니다. 제가 책을 좋아하게 된 건 어머니의 영향이 컸습니다.

제 어머니는 중학교 국어 교사였습니다. 상당한 양의 책을 읽고 자랐다고 합니다. 자신은 책으로 만들어졌다고 공언하는 사람이었습니다. 다만 그녀가 소유하고 있는 책은 아주 소량이었습니다. 본가의 어머니 침실에는 오크로 만든 허리 정도 높이의 작은 책장이 있었습니다. 그 가장 위 칸에 놓인 책만이 어머니가 가진 책의 전부였습니다. 아마 열다섯 권도 안 되었을 겁니다. 다 헌책이었습니다. 원래 장서를 늘리는 데는 관심이 거의 없었던 사람인 듯합니다. 예전에 가지고 있던 책도 결혼하면서 다 버렸다고 합니다. 그러므로 그 책장에 꽂힌 10여 권은 상당히 마음에 드는 책이었을 겁니다.

그런데 말이죠, 그 10여 권을 다시 읽은 모습도 본 적이 거의 없습니다. 완전히 피와 살이 되어 딱히 읽을 필요가 없었을지 모릅니다.

어머니는 제가 고등학생일 때 돌아가셨습니다. 인두암이었습니다. 장례식 때 어머니 관에 그 책들을 넣자는 얘기가 가족들 사이에서 나왔으나 결국은 그러지 않았습니다.

그 후 저는 대학 진학으로 본가를 나왔습니다. 그때 딱 한 권, 어머니 책을 가져왔습니다. 이와나미서점의 《모차르트의 편지》였습니다. 왠지 상권밖에 없었습니다. 감상에 젖어 가져왔던 것 같습니다. 그러나 왜 그 책을 선택했는지는 모르겠습니다. 당시 제가 좋아해 읽은 책(추리소설이 많았습니다)과는 너무나 다른 취향이었으니까요.

결국 그 책은 신칸센 안에서 휘리릭 넘겨본 것 외에는 그대로 책장 구석에 처박혀 있었습니다. 이후 전혀 손을 대지 않았습니다. 대학을 졸업하고 지금까지 일하고 있는 서점에 입사해 10년 이상 지났습니다.

그날, 저는 밤 근무였습니다. 이른 점심을 먹고 기르는 십자매에게 먹이를 주고 집을 나섰습니다.

늘 타는 버스 정류장에 거의 다 왔을 때 문득 책을 읽고 싶어졌습니다. 그것도 바로 그《모차르트의 편지》를. 이상한 욕망이었습니다. 저는 차멀미가 잦은 타입이라 버스에서 책을 읽는 습관은 없었습니다. 또 보통 업무 중간에 책을 읽는 일도 없습니다. 사람들 앞에서는 좀처럼 집중하지 못했기 때문입니다.

불가사의했습니다. 그러나 그 욕망은 너무나 강했습니다. 시간을 보니 서두르면 버스가 오기 전에 책을 가져올 수 있을 것 같았습니다. 저는 바보 같은 짓을 하고 있다고 생각하면서도 집으로 달려갔습니다.

현관 앞에 섰을 때 타는 냄새와 플라스틱 녹는 냄새를 맡았습니다. 가녀리게 들리는 십자매의 놀란 울음소리도요. 침실 구석의 콘센트가 불을 뿜고 있었습니다. 불은 벽지를 타고 당장이라도 근처 커튼과 쓰레기통, 책장으로 옮겨붙으려 하고 있었습니다.

발화의 원인은 플러그 변형이었다고 합니다.

불을 끄고 창문을 다 연 후 저는 멍하니 책장 구석의《모차르트의 편지》를 바라봤습니다.

〈시간이야〉 가시와도서점 후쿠오카 지점, H 씨

H 씨는 후쿠오카 지점의 점장이다. 2년 전에 이 지점으로 이동해 왔다. 서점은 간선도로를 따라 위치한, 이른바 로드사이드형 서점

이라고 불리는 대형 점포다. 사실 이 서점에서는 전부터 영업 종료 이후 어디선가 어린아이 목소리가 들린다는 소문이 있었다.

예컨대 다음과 같은 이야기가 전해지고 있다. 베테랑 남성 직원이 문을 닫은 후에 서점에 남아서 책 교체 작업을 하고 있었다. 다른 스태프는 다 돌아가고 서점에는 그 사람 혼자였다. 문을 닫아서 배경음악도 껐다. 조용한 서점 안에서 들려오는 것은 그의 작업에 따라 책과 책장이 쓸리는 소리만이 났다고 한다.

거의 작업이 끝나갈 때쯤 그는 구부리고 있던 몸을 펴고 한숨을 돌렸다. 폭, 거품이 터지는 듯한 소리가 들렸다. 아주, 아주 작은 소리였다. 뭐지? 주위를 둘러본다. 원인은 모르겠다. 무엇보다 가까이에서 들렸는지 멀리서 들렸는지조차 모르겠는, 원근감이 잡히지 않는 불가사의한 소리였다.

기분 탓이라고 생각하고 작업을 재개한다. 그런데 조금 있다가 또 또르르, 소리가 들렸다. 저도 모르게 손을 멈추고 만다. 서점 구석에서 들려온 듯한 느낌도 들었고 바로 귓가에서 들리는 느낌도 들었다. 그는 불온함을 참지 못하고 일어섰다. 주위 통로를 둘러보고 다닌다. 원인은 찾을 수 없었다.

빨리 작업을 끝내고 돌아가자. 그렇게 생각하고 원래 자리로 돌아온다. 책장으로 손을 뻗으려는데 또렷하게 웃는 소리가 들렸다. 어린 여자아이 목소리였다.

그것은, 자기 바로 발밑에서 들렸다. 계속 작업한 책장 아랫부분.

예비 서적을 넣어둬서 스토커라고 불리는 서랍. 그 안에서 어린아이 웃음소리가 들려왔다.

이는 다른 여성 스태프가 반년쯤 전에 경험한 이야기다.

이 서점은 가게 안쪽에 만화 전문 코너를 두고 있다. 그 부분만 벽을 밝게 칠해놓았다. 전문 계산대까지 갖추고 코너 출입구에는 방범 게이트도 설치했다. 만화 코너는 늘 젊은이를 중심으로 북적였다. 그날도 그랬다. 다만 평일이었고 저녁부터 비가 내려서 문 닫을 시간이 됐을 때는 손님이 없었다. 만화 코너에는 젊은 아르바이트 여성 직원 M 씨 혼자뿐이었다.

만화 코너 구석에는 작은 미닫이문이 있다. 주위 벽과 같은 색으로 칠해져 드러나지 않는 미닫이문이다. 실은 그 안에는 작은 창고가 있는데, 사방을 스틸 선반이 둘러싸고 있다. 그곳에는 잘 팔리는 단행본이 저장되어 있다.

M 씨는 다 팔려 재고가 떨어진 책장에 창고의 단행본을 꺼내 보충하는 작업을 시작했다. 아침 근무라 이미 퇴근한 선배가 지시한 작업이다. 창고에 들어가 안을 수 있을 만큼 단행본을 가져와 책장에 진열한다. 또 창고로 돌아가 단행본을 안고 책장으로 돌아온다. 단순 작업으로 머리를 비운 채 몸만 움직인다. M 씨로서는 싫어하는 작업은 아니었다. 손님도 없어서 다른 사람의 눈을 신경 쓸 필요가 없기에 척척 해나갔다.

몇 번을 왔다 갔다 하고 창고 앞까지 돌아왔을 때 흠칫 놀랐다. 창고 미닫이문이 닫혀 있었던 것이다. 일부러 닫았다고? 내가?

그렇게 생각하며 미닫이문 손잡이로 손을 뻗으려는데 갑자기 서점 안이 어두컴컴해졌다는 사실을 깨달았다. 어라, 이렇게 어두웠나?

자기도 모르게 영업 종료 시간이 되어 조명이 꺼지기 시작했나. 그런 생각까지 들었다. 아냐. 그렇다면 마감 안내 방송이 흘렀을 테니까 틀림없이 들었을 것이다. 무엇보다 이 작업을 시작하고 몇 분밖에 지나지 않았는데…….

불온한 느낌이 점점 커졌다. 왠지 미닫이문을 만지는 게 너무 무서웠다. 그러나 손가락이 차가운 철제 손잡이를 붙잡고 있었다. 서점 배경음악도 안 들린다는 사실을 깨달았다. 폐허처럼 조용했다. 문을 여는 게 무서워. 이유도 없이 간절하게 생각했다. 그런데도 손가락이 맘대로 문을 열었다.

어둠. 아무도 없었다.

그 순간, 뒤에서 속삭이는 목소리가 들렸다.

"시간이야."

저도 모르게 비명을 지르고 말았다. 톤이 높은 여자아이의 목소리였다. 뛸 듯이 놀라 물러서며 뒤를 돌아봤다. 아무도 없다. 다른 스태프들이 있는 중앙 계산대로 달렸다.

다섯 편을 다시 썼을 무렵에는 창밖이 하얗게 밝아지고 있었다.

너무 목이 말라서 부엌으로 가 물을 마셨다. 글을 쓰면 언제나 시간을 잊고 몰두하고 만다. 콧속에 탄 냄새가 살짝 남아 있다. 귓속에는 어린아이의 웃음소리가 울리고 있다. 아직 마음과 머리가 조금 전 작품 세계에 한쪽 발을 담그고 있기 때문일 것이다.

겨울, 추운 방에서 소설을 쓰고 있을 때 문득 정신을 차리면 온몸에 땀을 흘리고 있을 때가 있다. 쓰던 무대가 한여름이었다. 뇌가 착각을 일으켰겠지. 비슷한 일이 여러 번 일어났고 비슷한 경험을 한 동료 작가도 몇 명 알고 있다.

나는 바로 이 다섯 편을 히시카와 씨에게 보냈다.

잠깐 자고 일어나니 답신이 와 있었다. 온라인 회의 프로그램을 연결해 의견을 듣는다. 기본적으로 느낌은 좋은 듯했다.

「전편에 걸쳐 이 정도의 질이 보장된다면 백물어로 충분히 성립될 겁니다. 불온한 이야기만이 아니라 〈어머니의 책〉처럼 따뜻한 에피소드도 섞어 있어서 좋네요.」

또 문체에 관한 의견도 들었다. 다섯 편 모두 조금씩 다른 문체를 시험했기 때문이다.

「실화 계열의 괴담은 기본적으로는 인물의 이름을 머리글자나 삼인칭 가명으로 합니다. 그리고 평탄한 문체로 그릴 때가 많습니다. 그러나 억지로 전체 스타일을 통일하는 게 좋을지는 모르겠습니다. 괴담에 따라 오카자키 선생님이 쓰기 편한, 가장 적합하다고 판단한 형식으로 써주시면 됩니다. 그게 좋은 의미로 읽는 맛이 변하는 것이기도 해서 독자도 즐겁게 읽겠죠. 괴담사가 아니라 소설가가 괴담을 다루는 의미이기도 할 겁니다.」히시카와 씨가 말했다.

그밖에 신경 써야 하는 몇 가지 점을 전달해줬다. 모두 정확하고 진지한 조언이라 고마웠다. 무엇보다 이 기획의 실현 가능성이 훌쩍 올라간 듯해 기뻤다.

이야기에 커다란 전개가 생긴 것은 그때부터다.

「호텔 뉴시라토미라고 아세요?」히시카와 씨가 말했다.

"들은 적이 있는 것 같기도 하고……." 내가 대답했다.

「큰불이 났던 후쿠오카의 호텔입니다.」

"아아……."

「사망자 열한 명, 부상자 쉰두 명의 피해를 냈던 큰 화재입니다. 1973년에 발생했습니다.」

그 시대에는 전국에서 대규모 화재가 빈발했다. 오사카의 센니치백화점, 구마모토의 다이요백화점. 모두 사상자가 대량 발생했다. 그리고 그 화재들이 소방법 개정으로 이어졌다.

"그 호텔이 왜……?"

「화재 후에 철거되고 백화점이 지어졌답니다. 그리고 다시 쇼핑몰로 변신했고요.」히시카와 씨의 얼굴이 갑자기 심각해지더니 이렇게 말했다. 「실은 〈시간이야〉 이야기를 보내준 가시와도서점이 그 쇼핑몰 안에 있습니다.」

"아, 그래요…….."

「보낸 메일에는 화재에 관한 기술은 전혀 없었지만요.」

"그 말은 곧…… 이 화재가 〈시간이야〉의 괴이가 발생한 원인일 수 있다?"

「애석한 일이지만 그렇습니다.」 히시카와 씨는 잠깐 뜸을 들였다가 이렇게 말을 이었다. 「실제로 화재 희생자 가운데 어린아이가 하나 있습니다.」

"그래요?"

「다섯 살 여자아이였습니다.」

"여자아이…….."

「물론.」 히시카와 씨는 재빠르게 이야기를 재개했다. 「그걸 바로 그 괴이와 연결 짓는 건 너무 성급하고 안일한 감이 있죠.」

"맞아요. 검증이 필요합니다."

「조사해보고 싶지 않으세요?」

"물론이죠."

관련성을 찾을 수 있지 않을까? 읽을 만한 소재를 찾아낼 수 있지 않을까? 그렇게만 된다면 작품을 더 재미있게 만들 수 있을지 모른다. 아주 잔혹하고 악취미의 이야기다. 나와 히시카와 씨가 드러내놓고 말하지는 못했으나 똑같이 생각했을 것이다.

"자료가 있나요?"

「제가 찾은 책과 사이트에 잘 정리된 내용이 있어요. 나중에 보낼게요.」히시카와 씨가 얼굴을 찌푸린 후 말을 이었다. 「다만……개인적으로 보기가 좀 힘들었습니다. 호텔이라는 특수성 때문에 피해자는 거의 여행객이었어요. 가족여행에 나선 일가나 신혼부부 같은.」

"아…… 히시카와 씨도 연말에 신혼여행 가시죠?"

히시카와 씨는 기혼자이다. 입사와 거의 동시에 대학 한 학년 선배와 결혼했다고 한다. 젊은 나이에 드문 일이라고 생각해 또렷이 기억하고 있다.

「그렇습니다. 드디어 피차 쉬는 날을 맞출 수 있어서요.」

"거기였죠? 아타미, 아니면 두바이?"

「맞습니다.」히시카와 씨가 웃었다.

아타미나 두바이 중 한 곳을 가기로 합의했다고 했다. 그 선택도 묘하게 흥미로워서 기억하고 있었다.

「이런 여행지에서 화재가 일어나면 큰일이겠다는 생각이 더 들더라고요.」

"그렇죠. 특히 어린아이까지 있으면……."

「견딜 수 없겠죠.」

어떤 계기였는지는 잊었는데 담당이 바뀌고 얼마 안 되어 한 얘기였다. 히시카와 씨의 부인은 얼른 아이를 갖고 싶어 한다고 들었다. 히시카와 씨도 그녀의 마음을 존중해 부부는 아이 계획을 세웠다고 했다. 나는 독신이고 아이 계획은 전혀 없었던 터라 인상에 깊이 남아 있었다.

잠시 조용한 시간이 흐른 후 히시카와 씨가 말했다. 「괜찮으시면 〈시간이야〉 이야기를 보낸 점장님을 취재해보시지 않을래요?」

"저야 좋죠."

「바로 연락해보겠습니다.」히시카와 씨는 기뻐하며 말했다.

"서점 직원분들은 과거 화재에 대해 알고 있나요?"

「상식적으로 생각하면 알겠죠. 그런 과거가 있어서 더 작은 소리나 착각을 유령과 연결하는 문맥이 쉽게 발생할 것도 같고…….」

"그 '시간이야'라는 말에는 어떤 의미가 있는 걸까요?" 그렇게 말하고는 조금 웃고 말았다. 그러곤 히시카와 씨에게 궁금증을 드러내며 말했다. "아니, 그 대사 말인데요. 받아들이는 사람에 따라서는 유머러스하게 들릴 위험도 있겠어요. 뭐랄까, 밤까지 장시간 노동하는 사람에게 얼른 집에 가라고 하는 듯한……."

히시카와 씨도 웃었다. 「노동 행태를 시정하려는 괴이일까요?」

"맞아요. 그렇게 받아들여지면 무섭지 않죠."

「그 부분이 너무 군더더기가 될 것 같으면 다른 말로 바꿔야 할 수도 있겠네요.」

"맞아요."

「어쨌든 화재와 괴담의 관련성을 발견하면 이야기의 큰 줄기가 생기겠어요.」

"그렇죠. 100가지의 짧은 이야기와 나란히 하나의 큰 미스터리 풀이가 진행되는 타입의 이야기도 가능할 테고."

예로 만화 작품 《내가 죽을 뿐인 100가지 괴담》을 꼽았다.

히시카와 씨는 고개를 끄덕이며 말했다. 「오히려 취재 과정 자체를 넣어 다큐멘터리 스타일로 접근해도 좋겠어요.」

"그대로 넣었다가는 문제가 될 부분도 생기지 않을까요?"

「그럴 때는 본질만 살리고 추상화하죠. 가공된 고유명사나 디테일을 넣으면 될 겁니다.」

다음은 히시카와 씨가 보내온 자료 내용이다.

1973년 4월 6일 새벽에 호텔 뉴시라토미의 한 객실에서 화재가 발생했다. 이유는 지금까지도 명확하게 밝혀지지 않았다. 손님이 담배꽁초를 제대로 처리하지 못해서라고도, 방화라고도 얘기되고 있다. 건물이 화재를 막는 데 취약했고 증축으로 내부가 미로처럼 변해버린 점이 피해를 키웠다.

희생자 열한 명 가운데 확실히 아이가 한 명 포함되어 있다. 무라노 사치코. 당시 5세였다. 아이는 사가현에서 살았다고 한다. 그날은 부모님, 조부모님과 함께 후쿠오카에 여행차 방문했다. 가족의 방은 5층이었다. 화재를 알아차린 시점은 방 밖이 이미 불과 연기로 뒤덮인 뒤였다. 따라서 외부에서 구조의 손길이 닿기를 기다리는 수밖에 없었다. 마침내 구조대원이 찾아왔다. 그런데 사치코와 할머니는 이미 일산화탄소 중독으로 숨을 거둔 상태였다. 부모는 무사했다.

서점에 나오는 유령이 이 아이일까. 그렇다면 왜 아이만 나올까? 할머니는 왜 함께 나타나지 않을까? 더 나아가 왜 다른 열 명의 희생자는 나오지 않을까? 또 아이가 말하는 '시간'이란 무엇을 가리키는 걸까?

엿새 후.

9월 5일, 목요일 저녁 7시.

〈시간이야〉 괴담을 보내준 점장 H 씨, 하라다 도루 씨를 온라인 회의 프로그램으로 취재했다.

내 컴퓨터 화면은 셋으로 분할되어 있었다. 왼쪽에 고단샤 사무실에서 참가한 히시카와 씨가, 오른쪽에 서점 사무실에서 참가한 하라다 씨, 그리고 아래쪽에는 집에 있는 내가 나오고 있다.

하라다 씨는 40대 초반의 통통한 남성이다.

그는 입을 열자마자 이렇게 말한다. 「그 귀신 소리를 들은 모리라는 직원은, 조금 늦는다고…….」

〈시간이야〉 괴담은 주로 두 사람의 목격담으로 구성되어 있다.

첫 번째가 어린아이의 웃음소리를 들었다는 남성 직원이다. 그는 이미 퇴직했다고 한다. 하라다 점장이 이 지점으로 이동하기 전에. 그리고 다른 한 사람은 "시간이야"라는 목소리를 들은 아르바이트 여성 M 씨이다. 그 M 씨, 모리 호노카 씨도 오늘 회의에 참석할 예정이다. 모리 씨가 지금 서점으로 오는 중이라고 해서 그녀가 도착할 때까지 잠시 점장과 이야기하기로 했다.

"그 목소리에 관한 소문은 언제부터 있었나요?" 내가 물었다.

「제가 이리로 온 게 2년 전인데 그때도 물론 있었습니다. 너무 늦게까지 일하고 싶지 않다는 말을 아르바이트 직원들에게 들었죠. 제일 오래 일한 아르바이트 직원은 5년 전부터 일했는데 그녀가 일하기 시작했을 때도 소문이 있었답니다.」

"그 아르바이트분도 실제로 목소리를 못 들었군요?"

「네. 단순한 소문이 아니라 직접 들었다고 증언한 사람은 현재 모리 씨뿐이랍니다. 그리고 우리 부점장은 여기에서 일한 지 10년도 더 됐는데 이런 이야기를 정말 싫어해서요. 말을 꺼내기만 해도 아주 한심해하며 상대해주지 않아요.」 하라다 씨는 웃으며 하소연을 늘어놓았다.

「하라다 씨도 그 목소리를 들은 적은 없군요?」 히시카와 씨가 묻는다.

「저도 그쪽으로는 영 둔해서……. 흔히들 말하는 영감이라는 게 전혀 없고 그다지 믿지도 않는 성격이라서요. 아무튼 이렇게 조그만 서점에 그런 불가사의한 일이 있을까 싶기도 하고요……. 이번에도 모두의 이야기를 듣고 정리했을 뿐이랍니다.」

약간 어색한 상태로 예의 바른 미소를 지으며 내가 이어 물었다.
"소리만이 아니라 아이의 모습을 봤다는 소문은 없나요?"

「들은 바로는 없네요…….」

나는 고개를 끄덕이고 본론을 꺼냈다. "그 점포가 지어진 땅에서 예전에 화재가 있었다는 건 아세요?"

「네. 알긴 압니다. 자세히는 모르지만요.」

"그와 관련된 기묘한 이야기를 들은 적은 없으신가요?"

「아니, 글쎄요. 실은 다른 입주 가게 사람들과 대화를 나눌 기회가 없어서요.」

"그렇군요……."

「혹시 그 귀신이 그 화재와 관련이 있나요?」하라다 씨가 웃었다. 「과연 소설가시네요……. 아, 왔네요. 이봐! 여기, 여기!」

하라다 씨가 화면 밖을 보며 손짓했다. 그가 의자에서 일어나면서 대신 안경을 쓴 젊은 여성이 화면에 들어왔다. 점장의 권유로 여성이 의자에 앉았다.

「자, 인사도 하고 사과도 하게.」

「아, 모리라고 합니다. 늦어서 죄송해요.」여성이 말했다.

대학생일까. 잔뜩 굳은 얼굴이었다.

천만의 말씀이라고 말하며 우리는 고개 숙여 인사한다.

히시카와 씨가 덧붙인다. 「바쁜데 오신 건 아닌지요.」

「아, 아뇨…… 괜찮습니다.」모리 씨가 말한다.

하라다 씨가 하하하 크게 웃고 「뭐든 물어보세요」라고 말한다.
그는 모리 씨가 앉은 대각선 뒤에 서서 의자 등받이를 잡고 있다.

간단하게 자기소개를 한다. 모리 씨는 근처 대학의 2학년 학생
이고 이 서점에서 일한 지 열 달쯤 되었다고 한다. 시간을 뺏는 것
도 미안해 얼른 본론으로 들어간다.

"모리 씨가 그 목소리를 들은 게 정확하게 언제쯤이었나요?"

「그게…… 올해 2월이에요.」

"7개월 전이네요. 2월 언제쯤인지 기억하세요?"

「아…….」모리 씨가 힐끔 하라다 씨의 안색을 살피자 그는 무슨
말이든 해도 괜찮다는 듯 고개를 끄덕인다. 「아마도 첫째 주 어느
날이었을 거예요.」

"그날 밤, 부족한 만화책을 채우다가 들었죠?"

「맞……아요.」

"목소리에 관해 자세하게 듣고 싶습니다. 속삭이는 듯했고 톤이
높은 목소리라고요."

「네……. 맞아요.」

"억양은 어땠나요?"

「억양이요?」

"목소리의 높낮이나 상태나."

「그게…… 어땠지…….」

"그럼, 말하는 속도는?"

「……빨랐던 것 같은데.」

"어떤 의도 같은 게 느껴졌나요?"

「의도……?」

"이를테면 울고 있다거나 질문을 던지는 것 같았다거나."

「……죄송해요. 그렇게까지 자세히는…….」

"아니, 괜찮습니다. ……그때는 웃음소리를 못 들었죠?"

「네. 목소리뿐이었어요.」

"목소리를 들은 다른 직원은 없나요?"

「……저는 원래 다른 스태프와 별로 이야기를 나누지 않아서요. 특히 이런 이야기는 말을 꺼내기도 힘들고. 이번에 점장님이 물어보셔서 처음으로 밝힌 거예요.」

"그러셨어요? 감사합니다. ……목소리를 듣기 전에 가게 안이 어둡게 느껴졌다고 하셨죠. 그리고 배경음악도 안 들렸고요."

「네. ……기분 탓이었을 거예요.」

"그밖에 기묘한 일이 일어난 적은 없나요?"

「음…….」

"뭐든 괜찮습니다. 예를 들어 실온의 변화를 느꼈다거나 이상한 냄새라거나……. 여자아이와 관련이 있을 법한 거라면 뭐든 상관없습니다."

「……여자아이?」

모리 씨가 의아한 눈빛으로 이쪽을 봤다.

“목소리의 주인은 여자아이였잖아요.”

「아뇨. 그건…… 남자아이였어요.」

「메일에는 여자아이였다고 적혀 있었는데요…….」히시카와 씨가 말했다.

「어! 내가 착각했나? 남자아이였어?」하라다 씨가 목소리를 높이며 모리 씨에게 묻는다.

「네.」모리 씨는 괜스레 미안해하며 대답한다.

「아! 귀신이라고 하면 당연히 여자일 거라고 생각해서 착각했나 봅니다. 그런데 목소리만으로 남자아이라고 단정할 수 있어? 톤이 높았다며?」

「그야…… 그렇지만.」

나와 히시카와 씨는 모니터 속에서 시선을 교환한다. 우리가 기대했던 전제가 완전히 무너졌기 때문이었다. 과거 호텔 화재로 죽은 사람은 무라노 사치코라는 여자아이였다. 희생자 중 남자아이는 없다. 그렇다면 화재와는 관련이 없다는 말인가. 어쩌면 하라다 씨의 의문대로 모리 씨의 착각이 아닐까. 그것도 아니면 영적인 존재에게 성별은 그리 중요한 요소가 아니라는 소리인가?

「착각한 거 아니야?」점장이 다시 물었다.

「아뇨……. 그야 얼마 전에도.」모리 씨는 그렇게만 말하고 입을 닫았다.

얼마 전?

"무슨 일이 있었나요?" 절로 질문을 던지고 말았다.

「어! 그런 말은 못 들었는데?」하라다 씨가 놀란다.

「아, 죄송해요…….」모리 씨가 사과한다.

「아니, 괜찮아요.」히시카와 씨가 다시 질문한다. 「혹시 메일을 보낸 뒤의 일인가요?」

모리 씨는 한참 아래만 바라보다가 말한다. 「어쩐지 그 얘기는 기분이 좀 그래서 그다지 말하고 싶지 않아요…….」

나는 망설인 끝에 말했다. "죄송하지만 그래도 좀 알려주시겠어요? 억지로 하라는 말은 아닙니다만."

모리 씨는 점장의 얼굴과 우리가 나오는 모니터를 힐끔힐끔 쳐다본 후 고개를 숙였다.

「네…….」아주 작은 목소리로 중얼거렸다.

사실은 말하고 싶지 않은 게 분명하다. 마음이 아팠으나 호기심이 이겼다.

그것은 지금으로부터 꼬박 나흘 전인 9월 1일의 일이었다.

이 서점의 근무 교대는 3교대이다. 그날 밤, 모리 씨는 밤 근무였다. 이전에 남자아이의 목소리를 들은 바 있어서 사실 밤 근무는 들어가고 싶지 않았다. 아르바이트하는 데를 바꿀까도 생각했다. 그러나 여기는 집과 가깝다. 게다가 처음 일을 배운 아르바이트이기도 하다. 그만두기에는 좀 아깝다는 생각이 들었고 무책임하다는 소리도 듣기 싫어 계속 일했다.

22시. 문 닫을 시각이 되었다. 이때 서점에 남아 있던 사람은 부점장과 나이가 좀 더 많은 남성 스태프, 그리고 모리 씨였다. 부점장은 사무실에 틀어박혀 일하고 있었고 남성 스태프는 입구 자동문을 잠근 후 정산 작업을 시작했다. 그리고 모리 씨는 서점 안을 쭉 훑고 다니면서 분실물은 없는지 등을 확인하고 흐트러진 책장을 간단하게 정리하는 일을 맡았다.

모리 씨는 책장과 책장 사이를 재빠르게 돌아다녔다.

조명은 매장의 중심에 있는 계산대 주위를 빼고는 꺼져 있었다. 매장 중심에서 멀어질수록 주변은 조금씩 어두워졌다. 배경음악도 꺼서 남성 스태프가 세는 잔돈 소리만이 서점 안에 울리고 있었다.

아무래도 예전에 들은 남자아이 목소리가 기억났다. 그 목소리를 듣고는 한동안 목욕탕에 들어가는 것도 무서웠다. 지금도 기어이 걸음이 빨라지려 하는 것을 간신히 참고 있었다.

매장 구석에 아동서 코너가 있었다. 어두컴컴하다. 얼른 지나가고 싶었다. 그런데 심하게 어질러져 있는 게 눈에 들어왔다. 아무래도 이곳은 어린애들이 만지는 곳이라 늘 잘 어질러져 있다. 그날은 주말이기도 해서 상당히 엉망이었다. 그림책 여러 권이 통로에 떨어져 있고 평대도 엉망이었다. 내일 아침에 치우면 되겠지. 하지만 내일은 쉬는 날이다. 내가 발견한 일을 다른 사람이 치우게 하는 건 참을 수 없었다. 어쩔 수 없이 바닥에 떨어진 그림책을 줍기 시작했다. 그리고 책장에 돌려놓는데…….

갑자기 전자음이 울렸다.

깜짝 놀라 낮은 비명을 지르고 말았다. 무슨 일인가 보니 평대 끝에 샘플로 놓아둔 지능 개발 그림책이 빛을 내고 있다. 책을 치우며 생긴 진동에 소리를 내는 장치가 작동한 모양이었다.

"놀랐네." 계산대 쪽에서 남성 스태프의 웃음소리가 들려왔다. 모습은 보이지 않았으나 그나마 안심이 되었다. "죄송해요!"라고 대답했다.

책장 앞 정리를 끝냈다. 모리 씨는 책장 뒤로 돌아갔다.

암흑.

남자아이가 서 있었다. 등을 구부리고 벽에 머리를 대고 고개를 숙이고 있다.

헉, 숨이 막혔다. 양손이 덜덜 떨렸다.

모리 씨는 소리도 지르지 못했다.

선배를 부르고 싶었다. 그러나 소리를 내서 저 아이가 알게 되는 게 더 무서웠다. 아이가 천천히 이쪽을 돌아볼까 봐 무서웠다. 그리고 갑자기 이쪽으로 달려오는 모습을 생각하니 어떤 소리도 낼 수 없었다.

조금 전까지 들리던 동전 소리도 들리지 않았다. 발바닥으로 바닥을 스치듯 조용히 뒷걸음질하려 했다. 그러나 이상하게도 몸이 말을 듣지 않았다. 움직일 수 없다. 심장 소리가 아이를 뒤돌게 하지 않을까 싶어 무서워 견딜 수 없었다.

전자음이 났다. 모리 씨는 이번에야말로 비명을 지르며 튀어 오르듯 달리기 시작했다. 매장 중앙에는 여전히 남성 스태프가 있었다. 놀란 얼굴로 "왜 그래요?"라고 물었다.

「……그래서 이제 일은 못 하겠어요.」 모리 씨는 기어들어가는 목소리로 말했다.

「하하하. 어쩐지 뜻밖의 전개가 되었네요.」 하라다 점장은 수습하듯 웃고는 모리 씨에게 물었다. 「그 얘기 진짜야? 잘못 본 건 아니고?」

「잘못 본 게…… 아니에요.」

「아동서라면 책장 번호가 E-7이지?」

모리 씨는 살짝 고개를 끄덕였다.

"여자아이가 아니었군요." 내가 말했다.

「네.」

"그때 그…… 존재가." 왠지 유령이라는 말을 입에 올리는 게 망설여졌다. "무슨 말을 하지 않았나요?"

「아뇨……. 아무 말도 못 들었어요.」

"그건…… 어떤 옷을 입고 있었나요?"

「평범한…… 평범한 옷이었어요.」

"평범……이라면 티셔츠요?"

「아니……. 응, 그런 것도 같아요.」

"반팔이었는지 아닌지도 모르시겠어요?"

「……뭐였더라.」

"아래는 어땠어요? 반바지? 긴바지?"

「……죄송해요. 아무 생각도 나지 않아서 제대로 표현할 수가 없어요.」

그렇게 인식하기 힘든 것일까? 트라우마가 너무 강한가?

「알몸이 아니었던 건 확실한가요?」 히시카와 씨가 말한다.

모리 씨는 고개를 까닥 끄덕인다.

내가 물었다. "키는 모르시겠어요?"

「아…….」 그녀의 목이 침을 삼키고 있는 모습이 모니터 너머로 보였다. 「아마…… 제 가슴 아래쯤, 그러니까…… 1미터 조금 안 될까…….」

그렇다면 예닐곱 살 정도일까?

"머리 스타일은?"

「머리 스타일……. 어땠지? 그냥 평범한…….」

다시 점장이 끼어들었다. 「그래서야 어떻게 남자아이라고 단언할 수 있지? 복장도 머리 스타일도 모르는데.」

「……죄송해요.」

히시카와 씨가 고개를 끄덕이고 말한다. 「모리 씨, 신경 쓰지 마세요. 질문이 많아서 죄송해요.」

맞다. 무슨 심문 같았다. 그녀의 얼굴이 창백했다.

「아뇨……. 괜찮아요.」

「어쨌든 여자아이가 아니라 남자아이라는 느낌이 있었다는 거 군요.」히시카와 씨가 정리한다.

「네. 저도 왜 그런지는 잘 설명할 수 없지만…….」

유령을 보는 방식은 저마다 다르다는 얘기를 들은 적이 있다. 삼 차원의 세계에서 아주 생생한 이차원의 그림이 섞여 든 듯하다, 그 렇게 표현하는 사람도 있다. 또 아주 세밀한 입자가 모여 사람의 형태를 이루고 있다고 표현한 사람도 있다. 혹은 살아 있는 사람과 전혀 다름이 없다, 구별할 도리가 없다고 말하는 사람도 있다.

나는 말했다. 모리 씨에게 더 질문하는 게 안타까웠으나 궁금해 서 견딜 수가 없었기 때문이다. "죄송해요. 조금만 더요. 지능 개발 그림책에서 두 번 울린 전자음에 관해서인데요."

「네…….」

"그건 고장이었을까요? 아니면 남자아이가 한 짓 같았나요."

모리 씨가 얼굴을 찌푸렸다. 그러곤 입가에 주먹을 대며 말했다. 「죄송해요…….」

미안하게 되었다. 더는 한계였다. 히시카와 씨를 보니 그도 고개 를 끄덕이고 있다.

나는 고개를 숙이며 말했다. "죄송했습니다. 힘든 질문만 했네요. 이젠 됐습니다."

히시카와 씨도 감사와 사과 인사를 건넸다.

모리 씨는 고개를 젓고 살짝 비틀대며 자리에서 일어섰다. 화면 밖으로 나가려다가 그대로 정지했다. 그녀는 이쪽으로 고개를 돌리고 이렇게 말했다.

「……나중에, 그 일이 있고 사무실로 돌아와서 알게 된 건데요. ……이유도 없이 앞치마 끈이 풀어져 있었어요.」

어? 나는 얼빠진 소리를 내고 말았다.

히시카와 씨도 눈을 부릅뜨고 있다.

"……풀어져 있어요?" 질문을 던졌다.

「넓고 튼튼한 끈이에요.」 그녀는 화면 밖을 바라보면서 말했다. 「일하다가 풀리면 방해가 되어서 단단히 묶어요. 자연스레 풀리다니 있을 수 없는 일이에요. ……그런데 풀렸어요.」

"그게…… 지금 하고 있는 앞치마인가요?"

「맞아요.」

모리 씨가 이쪽으로 몸을 돌렸다.

앞치마는 짙은 초록색의 아주 평범한 물건이다. 목에 거는 스타일로 상반신부터 무릎까지 가리고 있다. 앞에는 '가시와도서점'의 로고가 인쇄되어 있다.

히시카와 씨가 말한다. 「죄송하지만 한 번만 등을 보여주시겠어요?」

모리 씨가 카메라를 향해 등을 보였다. 허리 위에서 폭이 넓은 끈이 크고 단단히 묶여 있다. 카메라 너머로도 알 수 있었다. 매듭은 아주 단단했다. 아마도 그런 일이 있어서 더 꽉 묶었을지도 모르겠지만.

「더는 그만…….」

그녀는 뛰쳐나가듯 화면에서 사라졌다.

「어! 뭐지? 죄송합니다. 젊은 친구라.」점장이 말했다.

점장에게 고맙다는 인사와 다시금 모리 씨에게 미안했다는 말을 전하고 우리는 취재를 끝냈다. 한 시간 정도 이야기한 게 전부인데 이상하게 피곤했다.

히시카와 씨와 다시 영상 회의를 연결해 둘이 이야기했다.

「〈뒤에 있는 손님〉이죠…….」

히시카와 씨는 모니터 너머에서 신음했다. 그의 얼굴에도 피로의 기색이 역력하다.

나는 수긍했다. 후지북스 N 씨의 경험담이다. 뒤를 스치며 지나가는 사람 기척이 나서 돌아보면 아무도 없다. 그런 일이 종종 일어났다. 그러다가 최근에는 앞치마 끈이 풀렸다……는 이야기였다. 사소하다면 사소한 일이다.

"솔직히, 히시카와 씨는 어떻게 생각하세요?"

히시카와 씨는 팔짱을 꼈다.

「같은 괴이냐는 말씀이죠? 공통점이라고 하기에는 너무 약해요.

다른 부분은 너무 다르고요. 〈뒤에 있는 손님〉의 특징은,

① 영업 중인 서점 안에 나타난다.

② 좁은 통로에서 스쳐 지나간다. 돌아보면 아무도 없다. 모습을 보이지 않는다.

③ 첫 번째로 나타나기 전에 당사자는 오한에 시달렸다. 두 번째 이후로는 오한의 언급은 없음.

④ 만나고 나서 앞치마 끈이 풀린 적이 있다.」

그는 손가락을 꼽으며 설명하고 계속 말을 이었다.

「한편 〈시간이야〉의 특징은,

① 문 닫은 후나 영업 중인 서점 안에 나타난다.

② 모습을 보일 때가 있다. 그 모습은 남자아이이다.

③ 말한다. 웃는다. "시간이야"라고 한다.

④ 만나기 전후로 주변 소리가 들리지 않고 주위가 어두워진 듯 느껴진다.

⑤ 만나고 나서 앞치마 끈이 풀린 적이 있다.」

정확한 정리다. 나는 고개를 끄덕였다.

'앞치마의 끈'이라는 공통점 외에는 특징이 다 다르다.

「다만 애당초.」 히시카와 씨가 계속 말을 이었다. 「모리 씨가 남자아이를 목격했을 때 남자아이는 목소리를 내지 않았습니다. 그 남자아이와 이전에 소문으로 퍼진 목소리의 주인이 같은 존재이냐는 의문이 남습니다.」

"맞아요……. 모리 씨에게 확신이 있어 보이긴 했는데."

더 질문을 이어가는 건 어려웠다.

찜찜함을 털어내듯 내가 말했다. "〈뒤에 있는 손님〉의 N 씨에게 직접 이야기를 들어보면 어떨까요?"

「네. 저도 그러려고 했습니다. 본명은 니노미야 교카 씨입니다. 아주 오래전이기는 한데 한 번 본 적이 있어요. 바로 연락하겠습니다.」

고맙다고 인사하고 데스크톱 컴퓨터의 파일을 열었다. 이제까지 받은 경험담 모음 파일이다. 히시카와 씨 메일로 받은 글을 내게 모두 전송했다고 한다.

파일을 보면서 말한다. "앞치마 끈이 풀린다는 종류의 얘기…… 는 더 없는 것 같네요."

「참고로.」 히시카와 씨도 컴퓨터를 조작하며 말한다. 「받은 지 얼마 안 되어서 못 보냈는데, 어제와 오늘 다섯 건이 새로 들어왔어요. 나중에 보내겠지만 여기에도 앞치마 얘기는 없습니다.」

"그렇군요."

「이로써 경험담은 총 49건입니다.」

물론 쓸 만한 이야기가 얼마나 되는지는 별개 문제였다. 그래도 이 정도로 모였다는 것 자체가 좋은 기획의 광맥을 찾았다는 증거 같아서 기뻤다. 서점 직원들의 도움도 정말 감사했다.

「정말 예상 이상이에요.」 히시카와 씨가 말했다. 힘이 들어간 목소리였다.

"위험한 문을 열었을지도 모르겠네요." 내가 웃으며 말했다.

히시카와 씨도 웃었다. 나는 사실 일부러 최대한 가볍게 말하려 했다.

「새 경험담, 그대로 올릴게요.」

히시카와 씨는 화면에 텍스트 파일을 공유해주었다. 그 경험담을 아래에 그대로 싣겠다. 이름만 가명으로 바꿨을 뿐 문장에는 전혀 손을 대지 않았다.

메이지도 가나자와 지점, K 씨

제가 도야마 지점에 있을 때 입구 근처 신간을 소개하는 평대에 다자이 오사무의 《인간 실격》(문고판)이 종종 놓여 있었습니다. 물론 직원이 진열한 게 아니었죠.

처음에는 손님의 장난이라고 생각해 별로 신경 쓰지 않았습니다. 그런데 너무 집요하게 이어져서 오늘은 꼭 범인을 잡겠다고 생각하고 집중 감시했습니다. 영업이 끝날 때까지 열심히 지켜봤는데 소용없었습니다. 계산대를 마감하고 본사에 매출을 보고한 다음 문을 잠그고 퇴근했습니다.

다음 날 아침, 평대에 《인간 실격》이 놓여 있었습니다.

서점을 마지막으로 나온 사람은 저였습니다.

가에데쇼보 지바 지점, U 씨

① 출근하면 아무도 없는 서점에 배경음악이 흐르고 있다.

② 마찬가지로 화장실의 물도 틀어져 있는 때가 있다.

③ 계단 층계참에 여자 유령이 있다. 이따금 뛰어 올라온다.

가에데쇼보 야마나시 지점, M 씨

선배에게 들은 이야기. 그가 전에 일한 지점에서 일어난 일입니다. 제일 먼저 출근해 뒷문을 열고 들어가 사무실을 통과해 매장으로 나서면 매장 가득 바다 안개가 낀 듯 앞이 안 보일 때가 있었다고 합니다. 그럴 때는 매장으로 이어지는 문을 일단 닫았다가 다시 열면 안개는 사라진답니다.

지인에게 들은 이야기. 지인이 운영하는 개인 서점에서는 USEN 일본 최대 유선방송 기업과 계약해 조용한 클래식을 배경음악으로 튼다고 합니다. 그런데 중단했답니다. 이따금 축사 같은 걸 읊는 여성 목소리로 변했기 때문입니다.

후루라북스 사가 지점, G 씨

오픈하기 전에 조회 중이었는데 여러 스태프가 일제히 같은 방향을 봤다.

"저기, 금방 누가 지나갔지?" 스태프들은 한 통로를 가리키며 말했다.

물론 손님은 오픈 전이라 들어올 수 없다. 경비원도 이 시간에는 없다.

"아니, 절대 지나갈 수 없지……."

스태프들의 얼굴이 천천히 굳어졌다. 공포감이 조용히 퍼져 나갔다.

"있잖아, 저기……." 한 스태프가 갈라진 목소리로 속삭였다. 떨리는 손가락으로 또 다른, 먼 통로를 가리켰다. "책장 뒤에…… 남자가 숨어 있지 않아……?"

비명이 나고 잠깐 공황 상태가 일어났다. 당시 점장이 보러 갔으나 아무것도 찾지 못했다.

오노다서점 진보초 지점, R 씨

서점 업계에서는 유명한 이야기일지도 모르겠다.

도내의 한 서점에서 베테랑 여성 작가의 사인회가 열렸다. 그 작가는 막 히트작을 발표한 터라 서점에는 긴 줄이 생겼다. 줄이 다 빠지고 이제 정리하려고 하는데 작가가 이상한 소리를 흘렸다. 작가는 눈을 동그랗게 뜨고 아까까지 줄이 늘어서 있던, 그러나 지금은 아무도 없는 장소를 보고 있었다. 한참 멍하니 그곳을 바라본 다음 편집자에게 자기 책을 달라고 해서 사인했다. "왜 그러세요?" 주위 사람이 물어도 대답하지 않았다.

나중에 편집자를 통해 들은 이야기인데 거기에 대학 때 친구가 있었다는 것이다. 같은 문학부였고 함께 동인지를 만들던 친구가. 친구는 졸업하기도 전에 혈액 관련 병으로 사망했다고 한다. 작가는 사인본을 묘에 올렸다고 한다. 너무나 잘 짜인 얘기라 누가 지어낸 이야기라고 생각한다.

다음 날, N 씨, 니노미야 교카 씨를 취재할 수 있게 되었다고 히시카와 씨가 메일을 보냈다.

상의 끝에 온라인이 아니라 도쿄에서 직접 만나 이야기하기로 했다. 니노미야 씨의 휴일에 맞춰 9월 13일 낮에 만나기로 했다.

오카야마에서 도쿄까지 가는 일은 솔직히 수고스러운 일이다. 그러나 직접 이야기를 듣는 게 도움이 될 때가 많았고 오랜만에 고단샤 사람들을 만나고 싶다는 마음도 강했다. 게다가 고맙게도 고단샤의 다른 부서에서 일이 들어왔다. 그 회의도 상경하는 김에 하기로 했다.

매번 놀라는데 도쿄는 정말 덥다.

오카야마도 더운데 무조건 이쪽이 더 덥다. 땀으로 젖은 셔츠가 불쾌했다.

오쓰카역 근처의 캐주얼한 프렌치 레스토랑에서 만나기로 약속했다. 히시카와 씨는 이미 가게 앞에서 기다리고 있었다. 이런 더위에도 넥타이까지 매고 얇은 재킷을 걸치고 있다.

약속 시간보다 5분 늦게 작은 바퀴를 단 자전거로 언덕을 오르는 여성이 보였다. 니노미야 씨였다. 지각했다며 사과하는 니노미야 씨에게 나와 히시카와 씨는 그러실 필요 없다고 인사했다.

나는 명함을 건네고 소개를 받았다.

니노미야 씨는 긴장한 듯 보였다. 아니, 불안해 보인다고 해야 할 것이다. 흠칫흠칫 주위를 둘러보느라 좀처럼 눈을 마주 볼 수가 없었다. 취재에 익숙지 않아서일까, 아니면 다른 이유가 있을까.

식당에는 개인실을 준비해두었다. 런치 코스 메인을 사슴고기와 흰살생선 중에 골랐다. 나와 히시카와 씨는 사슴고기를, 니노미야 씨는 생선을 주문했다. 히시카와 씨도 물론 그녀의 긴장을 알아차리고 있었다. 마음을 풀어주려고 했는지 식사하면서 자연스럽게 일상적인 대화를 이끌었다. 니노미야 씨는 서른두 살이고 지금 지점에 근무한 지는 6년째이다. 실은 아주 뛰어난 POP를 제작하는 걸로 알려져 출판계에서는 어느 정도 유명하다고 한다.

니노미야 씨의 대답은 언제나 짧고, 최소한이었다.

긴장감이 이어지고 있었다. 그리고 그 긴장감은 서서히 우리에게도 전염되었다. 얼마만의 호화로운 식사인데 해치우듯 얼른 식사를 끝내고 말았다. 붉은 사슴고기는 맛있었다. 그러나 뒤에 나오는 파스타와 디저트는 남기고 말았다. 니노미야 씨는 메인인 생선을 반이나 남겼다.

커피가 나왔을 때 히시카와 씨가 화제를 전환했다. "그럼……

자세하게 여쭤봐도 될까요?"

일단 지금은, 가시와도서점의 모리 씨에게 들은 이야기는 말하지 않기로 했다.

제일 먼저 나는 다시 쓴 〈뒤에 있는 손님〉의 원고를 니노미야 씨에게 읽게 했다.

"작품의 형식을 갖추려고 조금 묘사를 덧붙였습니다. 잘못된 점은 없을까요?"

"아뇨……. 제가 느낀 위화감과 의외로 비슷해요."

"다행이네요. 그럼, 몇 가지 질문을 드리겠습니다."

니노미야 씨가 방구석을 힐끔 쳐다보며 말했다. "네……."

"일단, 그 기척을 처음 느꼈을 때가 언제인지 알려주세요. 작년 가을이라고 하셨는데 구체적으로 몇 월인지 기억하세요?"

"그게…… 11월이에요."

"날짜까지는 모르시죠?"

"아마…… 중순쯤이었을 거예요. ……그날 들어온 책 제목을 기억하고 있어서 찾아보면 정확한 날짜도 알 수 있을 거예요."

"고맙습니다. 시간은 몇 시쯤이었나요?"

"정오를 지나…… 1시나 2시."

"그때 교양 코너에서?"

"……네."

니노미야 씨는 커피잔 손잡이에 손가락을 걸었다. 그러나 컵을 1밀리미터도 들지 않고 다시 받침에 그대로 두었다.

"그 이후로 몇 번이나 같은 경험을?"

"네 번…… 아니다, 다섯 번……."

실제 숫자를 들으니 상당히 많은 느낌이다. "어느 정도 빈도로?"

"몇 개월에 한 번일 때도 있고…… 며칠에 걸쳐 이어서 나타날 때도 있고."

"처음 그 기척을 느꼈을 때 강한 오한 같은 게 생겼다고 하셨는데요. 이후로는 어땠나요? 마찬가지로 컨디션 변화가 있었나요?"

"아뇨……. 처음에만 그랬어요."

"주위 소리가 안 들리거나 시야가 어두워지는 일은요?"

"어두워……? 아뇨, 특별히……."

"앞치마 끈이 풀린 건 언제였나요?"

"지난달이에요."

"딱 한 번이었나요?"

"끈이 풀린 건…… 한 번뿐이었어요."

"당연히 상대 모습도 보지 못했고요?"

"……저, 지각이 문제예요."

"아, 네."

느닷없는 말에 어정쩡하게 답할 수밖에 없었다. 잠자코 우리 대화를 듣고 있던 히시카와 씨도 살짝 의아한 표정을 지었다.

니노미야 씨는 컵을 바라보고 있다가 불안한 듯 눈썹을 문지르며 말했다. "오늘도 30분 전에 도착하게 집에서 나왔어요. 집은 오지역 근처예요. 오쓰카역까지 도시 전철 하나면 올 수 있죠. 그래서 걸어서 역으로 갔어요."

"그래요……?"

도대체 이야기가 어디로 가는지 모르겠다.

"오지역에 도착하고 나서 바로 화장실에 갔어요. 얼른 들어가 용변을 마쳤죠."

너무나 직접적인 표현에 깜짝 놀랐다. 말로 표현하지는 않았으나 히시카와 씨도 상당히 놀란 듯했다.

우우웅. 갑자기 공조 시스템 소리가 귀에 들어왔다.

니노미야 씨는 잔을 바라보며 잔 손잡이를 잡았다 놓기를 되풀이하며 말했다. "전철 시간은 아직 여유가 있었어요. 거울 앞에서 손을 닦고 화장을 고치려고 가방에서 파우치를 꺼냈어요. 립크림을 잡았을 때 뒤에서 기척이 났어요."

"기척?"

그녀가 고개를 저으며 말했다. "거울에는 아무도 보이지 않았어요. 그리고 바로 소리가 났어요."

"소리……?"

"뭐라고 말하는지 정확히는 모르겠어요. 억양도 이상하고…….마치 새장에서 길러진 작은 새가 인간의 말을 흉내 내어 계속 종알

거리는 것 같았어요.”

“그건…….”

“이렇게 들렸어요.” 그녀가 고개를 들더니 하얀 얼굴로 아주 빠르게 반복했다. “간이야, 간이야, 시간이야, 시간이야.”

신음을 내뱉을 뻔했으나 간신히 참았다.

“……그 목소리는.” 히시카와 씨가 말했다. 그의 얼굴에 땀이 번들거리고 있었다. “뒤에서 들렸나요?”

그녀가 고개를 저으면서 입고 있던 하얀 옷깃을 잡아당겼다. “블라우스 안쪽에서요.”

나는, 우리는 할 말을 잃었다.

“더는 거기 있고 싶지 않았어요. 전철 타는 것도 싫어서 역을 벗어났죠. 집으로 돌아와 옷만 갈아입고는 자전거를 타고 여기까지 왔어요. ……그냥 아무 핑계나 대고 안 올까도 생각했어요. 하지만 집에 혼자 있기도 무서워서.”

하지 마. 나는 자신에게 말했다. 그럴 필요 없어.

그래도 나는 그녀가, 또 히시카와 씨가 알아차리지 못하도록 슬그머니 방을 구석구석 살펴보고야 말았다.

그 녀석은, 서점 밖까지 따라온단 말인가?

니노미야 씨는 겁을 먹었다. 나는 커피를 마셨다. 묘하게 기름진 느낌이 들었다. 마음이 아팠으나 그녀에게 질문했다.

“소리를 들은 건, 오늘이 처음인가요?”

“네.”

“서점 밖에서 기척을 느낀 것도?”

니노미야 씨가 신경질적으로 고개를 끄덕였다.

“그 목소리, 톤이 높았나요?”

“네, 그게.”

“어린아이처럼 들렸나요?”

“……아, 그럴 수도 있겠네요.”

나는 히시카와 씨를 봤다. 히시카와 씨가 고개를 까딱 끄덕였다.

내가 입을 열었다. “니노미야 씨는 후쿠오카의 가시와도서점을 방문한 적이 있나요?”

“아뇨. 가본 적 없어요. 왜요……?”

“니노미야 씨와 비슷한 경험을 한 서점 직원이 있어서요.”

이번에는 니노미야 씨가 말을 잃었다. “자, 잠깐만요……. 그게 무슨 소리…….”

나는 경위를 설명했다. 가시와도서점에서는 전부터 어린아이의 목소리가 들린다는 소문이 있었다는 것. 그리고 “시간이야”라는 목소리가 들린다는 것. 남자아이의 유령처럼 보이는 무언가가 나타난다는 것. 그리고 앞치마 끈이 풀려 있었다는 것.

“아니, 그런 일이…….” 거의 비명에 가까웠다. “저는 그런 서점에 간 적이 없어요. 뭐죠? 너무 기분 나빠요.”

니노미야 씨가 머리를 마구 긁적이는 소리가 개인실에 울렸다.

그녀의 눈은 붉었다. 그녀는 이미 상당히 초췌한 상태였다.

아픈 마음을 억누르고 다시 물었다. "후지북스에는 니노미야 씨 외에 같은 경험을 한 사람이 있나요?"

"모르겠어요." 그녀가 날카롭게 말했다. "아무한테도 말 안 했으니까요. 이번 메일도 몰래 보낸 거예요."

히시카와 씨가 미안해하며 말했다. "혹시 서점 직원분들에게 물어봐주시겠어요?"

"……약속은 못 해요. 기대하지는 말아주세요."

마음은 안다. 제정신이 아니라고 의심받는 게 무서울 것이다.

"왜, 왜 나한테……."

아주 조금 투정이 섞인 말투였다. 이제 괜찮은 답변을 얻기는 더는 어려울 것이다. 니노미야 씨의 머리는 마구 헝클어져 있었다. 그녀가 얼마나 피폐한 상태인지를 알 수 있었다.

만나고 한 시간 반이 지나 있었다.

왔을 때와 마찬가지로 그녀는 조그만 자전거를 타고 언덕을 내려갔다. 나와 히시카와 씨는 택시를 탔다.

차 안에서 우리는 도쿄 거리에 관한 무난한 대화를 나눴다. 방금 들은 이야기를 화제로 삼지는 않았다. 히시카와 씨는 맞장구를 치면서도 뭔가 깊은 생각에 빠져 있었다.

고단샤 안에 있는 카페에서 이제까지 얻은 정보를 정리했다.

제일 먼저 우리는 기본 개념부터 잡았다.

〈시간이야〉와 〈뒤에 있는 손님〉은 같은 괴이처럼 보인다. 그래야 생각을 다음 단계로 진행하기 편하다. 당연히 다음에 생각해야 할 점은 이것이다.

후쿠오카의 가시와도서점과 신주쿠의 후지북스.

지리적으로도 떨어진, 또 같은 계열사도 아닌 두 서점에 왜 같은 괴이가 발생하나?

나는 택시 안에서 생각한 가설을 전했다. "이 괴이, 서점 밖까지 따라다녀요. 그렇다면 한쪽 서점에서 다른 서점으로 사람에 붙어 이동하고 전염되었다고 생각할 수 있지 않을까요?"

니노미야 씨는 가시와도서점에 간 적이 없다고 했다. 그렇다면 반대로 모리 씨는 어떨까? 그녀는 후지북스 신주쿠 지점을 방문한 적이 없을까?

히시카와 씨는 수긍했다. 상황을 봐서 모리 씨에게 확인하겠다며 이렇게 말했다. "모리 씨나 니노미야 씨가 아닌 다른 사람에 붙어 이동했을 가능성도 있습니다. 알리지 않았을 뿐 괴이가 따라다니는 다른 직원이 있다거나. 아니면 손님에게 붙어 이동했을 수도 있고요."

고개를 끄덕이며 생각했다. 우리는 현실과 동떨어진 이야기를 주고받고 있구나.

히시카와 씨가 말한다. "오카자키 선생님은 지금 '전염'이라고 표현하셨습니다. 즉 유령이 단순히 이동할 뿐만 아니라 바이러스처럼 조금씩 증식하는 이미지일까요?"

그렇구나. 얘기를 듣기 전까지 의식하지 않았는데 그럴 수도 있겠다. 이제까지 감상해온 호러 작품의 영향일까. 예컨대 《잔예》에 등장했듯 만지는 것에 붙어 조금씩 스멀스멀 확대되는 괴이 개념을 염두에 두고 있었나 보다.

그렇게 전하고 히시카와 씨에게 물었다. "유령은 동시에 여러 장소에 존재할까요? 히시카와 씨는 무엇보다 그게 신경 쓰여요?"

"네. 초현실적인 것 앞에서 일상의 논리를 가져와봤자겠지만."

아니, 듣고 보니 신경 쓰이는 의문이다. 일테면 심령 장소로 유명한 터널이 있다고 치자. 그곳을 담력 시험으로 찾은 대학생들이 있다. 터널에서 벌 받을 짓을 하고 그곳에서 심령 현상을 만난다. 그 후 간신히 목숨만 구해 집에 온다. 그런데 집에서도 비슷한 심령 현상을 다시 만나고 만다.

그때 터널 안은 비어 있었을까? 아니면 복사와 붙여넣기를 하듯 터널 안에도 유령은 존재하나?

"그런데 그보다 내가 더 신경 쓰이는 건…… 애당초 아이 유령이 나타난 게 정말 이 두 서점뿐이냐는 부분입니다."

나는 고개를 끄덕였다. "나도 그게 알고 싶어요."

그렇다면 이제 생각해야 할 점은 새로운 조사 방법이다.

히시카와 씨가 테이블 위에서 양손을 펼치고 말했다. "전국 서점에 다시 일제히 물어보죠. '아이의 유령을 보지 않았나요?'라고. '시간이야'라는 것. 뒤를 지나가는 기척, 앞치마 끈이 풀린 것 등 유령의 특징을 정리해서."

"괜찮을까요?"

왠지 그런 말이 제일 먼저 나와 자신도 놀랐다.

히시카와 씨가 제안한 방식은 정보를 직접적으로 모은다는 점에서 효율적이다. 실은 나도 생각한 방식이었다. 생각했으면서도 괜히 입에서 꺼내길 피했던 방법이었다. 피한 이유는 모른다. 마치 미아 유령 찾기 같다.

아주 조금, 히시카와 씨가 의아한 눈빛을 던졌다.

나는 손을 흔들면서 "히시카와 씨에게 또 부담을 주고 마는 것 같아서"라고 말했다. 어쩐지 변명처럼 들렸다.

"괜찮습니다. 실은 이번 기획, 편집부도 상당히 기대하고 있어요."

"그래요?"

그가 테이블에 몸을 내밀며 쑥 얼굴을 들이밀었다.

"이 아이 유령이 전국의 여러 서점에 나타난다, 정확히 말하면 그렇게 인지한 사람이 여러 명이라는 현상은 매우 흥미롭습니다. 혹시 이 수수께끼의 원인과 진실을 알아낼 수 있다면 대단한 책이 될 겁니다. 단순한 백물어가 아니죠. 차원이 다른 재미겠죠."

열기가 대단하다. 그가 이 기획에 진심이라는 게 또렷하게 전해졌다. 튀김집에서 이 기획을 얘기했을 때의 나 같다. 오히려 내가

기에 눌린 듯했다.

그는, 힐끔 주위를 둘러보고 계속 말을 이었다. 목소리가 잔뜩 낮아져 있었다. "저, 곧 타이완으로 출장을 가요."

히시카와 씨가 이따금 타이완으로 출장 간다는 소리는 들었다. 그는 영어를 잘한다. 영어와 콘텐츠에 정통한 편집자라는 장점을 활용해 다른 부서와 함께 간다는 것이다. 그곳에서 해외 작품을 국내에 사 오거나 반대로 일본 작품을 해외에 수출한다.

"지금, 일본 호러 소설은 아시아에서 유행하고 있습니다. 특히 타이완이 그 열기의 중심이죠. 타이완에서는 일본 소설이 정말 잘 팔립니다. 그래서 편집부는 이 기획, 해외 판매도 노리고 있어요. 그때 타이완이 돌파구가 될 겁니다."

"그렇게만 된다면…… 정말 기쁜 일이죠."

"그러니까 작품 완성에 필요하다면 얼마든지 돕겠습니다……. 솔직히 저도 이제 히트작을 내고 싶어요."

히시카와 씨가 빙그레 웃었다. 따라서 나도 웃는다. 아니, 실은 정말 고마운 말이었다. 부디, 꼭 성공시키고 싶었다.

히시카와 씨의 스마트워치가 진동했다. 그가 날카로운 눈빛으로 쳐다봤다.

그 후 문예부 사무실로 함께 이동했다. 문예 1, 2, 3팀, 그리고 문고팀이 한 층에 모여 있었다.

모두가 바쁘게 움직이고 있는 듯 문예 3팀에 남아 있던 편집자는 몇 명 되지 않았다. 직접 만난 적이 없는 사람도 있어서 소개를 받았다.

히시카와 씨의 자리도 보여주었다. 컴퓨터 앞에 원고가 산더미처럼 쌓여 있었다.

"이게 지금까지 들어온 모든 경험담입니다." 히시카와 씨는 원고 다발 하나를 가리키며 말했다.

"지금까지 총 얼마나 모였나요?"

"62건입니다. 일단은 다 보내드렸어요. 조금 전 카페에 있을 때도 한 건 도착했는데 나중에 보내드리겠습니다."

이후 히시카와 씨의 안내로 IP 개발 랩이라는 부서를 찾아갔다.

나는 얼마 전부터 이 부서가 담당하는 유튜브 애니메이션 각본 제작에 참여하고 있다. 그리고 그 애니메이션의 소설화 작업을 담당해달라는 의뢰를 받았다.

구석의 개인실에서 회의가 열렸다. 담당인 쓰쓰미 씨는 40대 초반의 온화한 남성이다. 소설화 작업이어서 히시카와 씨까지 함께 세 명이 이야기를 나눴다. 매우 보람 있는 일이 될 듯했다. 일단 '서점 괴담(가제)'의 소재를 취재하면서 애니메이션의 플롯 제작을 추진하기로 했다.

거의 회의가 끝나갈 무렵 자연스럽게 '서점 괴담(가제)'이 화제가 되었다. 나는 간단히 기획의 개요를 설명했다.

쓰쓰미 씨는 아주 재미있을 것 같다고 말했다. 왠지 그 미소의 표면이 딱딱한 느낌이 들었지만 말이다. 그는 긍정적인 의견을 몇 가지 늘어놓은 다음 말했다.

"다만 액막이는 꼭 하는 게 좋아요."

이상하네. 나는 그 이유를 물었다.

음. 그는 팔짱을 끼고 미소를 지으면서도 신음하더니 이유를 알려주었다.

"저, 이 부서로 오기 전에 만화 편집부에서 일했습니다. 소년 잡지요. 그곳에서 호러 만화를 담당한 적이 있는데요."

"그러셨어요?"

"그때 정말 많은 일이 벌어졌답니다."

거기서 말을 끊었다.

히시카와 씨가 좀 더 자세히 알려달라고 채근했다. 나도 같은 마음이었다. 쓰쓰미 씨는 다시 팔짱을 낀다. 어느새 미소는 사라지고 없었다.

"독자에게 받은 실제 경험을 만화화하는 기획이었습니다. 고맙게도 사연이 정말 많이 와서 소재가 부족하지는 않았습니다. 독자는 초, 중학생이 중심이라 자연스레 무대는 학교나 그 주변이 많았습니다. 그런데…… 그런데 말입니다, 점점 경험담은 쓰지 않게 되었고 결국은 만화가가 상상으로 만들어낸 내용만 썼습니다. 이후 연재도 금방 끝났고요."

"왜요?" 히시카와 씨가 물었다.

"죄송해요. 이건 만화가 선생님과 약속한 비밀이라서요."

쓰쓰미 씨가 고개를 숙였다. 히시카와 씨의 옆얼굴이 살짝 굳어 있었다.

돌아오는 신칸센 안에서, 히시카와 씨의 메일이 도착했다.

메일에는 오늘 와준 데 대한 감사와 다음에 소개하는 경험담이 첨부되어 있었다. 우리가 카페에서 이야기할 때 도착했다는 것이다.

'아이 유령의 목격 정보 모집은 아직 하지 않고 있습니다. 앞으로 각 서점에 요청하겠습니다. 그래서 이 경험담은 모집 전에 보냅니다.'

굳이 이런 말을 덧붙였다.

〈틈〉 북미레 다카마쓰 지점

오토모 씨는 50대 여성이다. 대형 서점 체인의 지점장이다. 가가와현 다카마쓰시. 시내 중심의 복합 빌딩 지하에 있는 대형 서점과 역 2층의 고즈넉한 서점을 겸임으로 관리하고 있다.

"그건…… 정신건강, 맞아요, 정신건강의 문제니까."

오토모 씨는 그렇게 그 사건을 해석했다.

6년쯤 전의 일이었다.

당시 복합 빌딩 지하 서점에서 일하던 아르바이트 직원 중에 야노 씨라는 20대 초반의 여성이 있었다. 야노 씨는 대학을 졸업하고 바로 시내 인쇄회사에 들어갔는데, 출판 디자인을 담당했다고 한다. 그러나 그곳에서의 격무를 견디지 못했다. 스트레스로 불면이 이어져 결국 1년을 못 버티고 퇴직했다. 그 후 반년 정도 본가에서 요양하고 지금 서점의 아르바이트에 지원한 것이다.

"얌전하고 정말 성실한 아이였어요." 오토모 씨는 말했다.

아마도 사회 복귀를 위한 재활 활동에 가까웠을 것이다. 그런데도 야노 씨는 아주 열심히 풀타임으로 일했다. 오토모 씨는 그 모습을 보고 그녀만 원하면 정규직 채용도 고려해봐야겠다고 생각했단다. 그런데 일하고 다섯 달쯤 지났을 때부터 그녀의 상태가 이상해졌다.

"뭐라고 해야 할까요……. 아, 넋을 놓은 사람처럼 보였어요."

오토모 씨는 그렇게 표현했다.

계산하다가 갑자기 손을 멈춘다. 주위를 둘러보다가 매장 한 군데를 응시한다. 그대로 그쪽을 멍하니 바라보다가, 누군가가 "야노 씨?"라고 부르면 정신을 차리고 일을 재개한다. 그런데 조금 있다가 똑같은 상태가……. 단순한 실수도 늘었다고 한다.

"그리고…… 책장이."

야노 씨는 아르바이트임에도 외국 문학과 문고판 일부를 담당했다. 그녀는 독서가로 책과 관련된 지식이 풍부했다. 만성적인 인력 부족도 그녀에게 책임을 맡긴 요인이었다. 오토모 씨가 책장 관리를 부탁했을 때 야노 씨는 긴장하면서도 좋아하며 웃었다고 한다. 이후 다른 서점의 진열 방법을 연구하기도 하고 정성스러운 POP도 만드는 등 책장 관리에 신경을 많이 썼다고 한다.

그런데 앞서 말한 시기를 기점으로 상황이 변했다. 그녀는 이따금 책장을 보고 우두커니 서 있었다. 그리고 책장의 한 점을 물끄러미 바라봤다고 한다. 누가 주의를 줄 때까지 꿈쩍도 안 하고. 몇 분씩, 때로는 수십 분씩.

"처음에는 어떻게 책장을 꾸밀지 생각하는 줄 알았어요. 나란히 꽂힌 책등을 바라보면서 어떤 책을 앞에 내놓을지, 어떤 책을 반품할지 생각하나 보다. 그런데 점차 그게 아니라는 걸 깨달았죠. 그야…… 책 자체를 보고 있지 않았으니까요."

한 번은 오토모 씨가 말을 건 적이 있다고 한다. 그때도 야노 씨는 자신이 담당한 문고판 책장 앞에 서 있었다. 한 출판사의 '사 행'에서 '다 행'으로 시작되는 이름의 저자 작품이 진열된 곳이었다. 그녀는 책장에서 막 뺐을 문고판 한 권을 품에 안은 채 책장의 한 지점을 응시하고 있었다.

오토모 씨는 의식적으로 최대한 부드럽게 말을 걸었다. "마음에 드는 책이 있어?"

야노 씨는 대답하지 않았다. 오토모 씨는 그녀의 시선을 눈으로 좇았다. 야노 씨는 문고판을 뽑아서 생긴 틈을 바라보고 있는 듯했다.

"야노 씨?"

야노 씨가 휙 고개만 돌려 이쪽을 봤다. 입을 벌리고 있었다. 그러나 아무 말 없이 인사하고 계산대 쪽으로 걸어갔다. 곧 이런 행동이 잦아졌다.

그녀는 점점, 자기 담당이 아닌 코너에서도 책장을 보는 일이 늘어났다. 정확하게는 아마도 책장 속의, 책을 뽑아 생긴 틈을. 또 손님을 응대하다가도 갑자기 다른 쪽을 보며 손길을 멈추는 일도 종종 일어났다. 다른 스태프들이 의아해하고 걱정하는 소리가 커졌다.

어느 날, 야노 씨는 한창 계산하던 중에 목소리를 높였다. "나, 중, 에!" 마치 매장의 한가운데에 대고 소리친 듯했다. 그때 오토모 씨는 2층 서점에 나가 있었다. 스태프의 보고를 받은 오토모 씨는 야노 씨와 면담하기로 마음먹었다.

"손님들의 민원도 나오기 시작했으니까요……. 그날 밤, 문을 닫고 이야기했어요. 지하 서점의 사무실에서요. 다른 스태프들은 다 돌아갔죠."

야노 씨와 사무실 의자에 마주 앉아 이야기했다.

오토모 씨는 아주 사소한 잡담부터 이야기를 시작하려고 했다. 야노 씨는 고개를 숙이고 자기의 허벅지를 쓸어내리고 있었다. 대답도 영 주제에서 벗어나 있었다. 지난 며칠, 근무 시간이 엇갈려 오토모 씨는 야노 씨를 보지 못했다. 야노 씨의 정신 상태가 생각보다 훨씬 위험한 듯 보였다.

"고민 없어?"

"……그게…… 아뇨, ……네."

"밤에 자기는 해?"

"……밤, 이요? 아…… 죄송해요."

처음에는 오토모 씨도 애를 썼다. 그러나 도무지 무슨 소리인지 모를 대답에 조금씩 인내심이 바닥을 드러냈다. 결국은 직접적인 표현으로 그녀에게 질문을 던지고야 말았다.

"실은, 다른 스태프들이 야노 씨를 많이 걱정해. 멍하니 있을 때가 많다며. 계산하다가도 책장 앞에서도 말이야."

"책장……." 야노 씨는 중얼거리며 고개를 들었다.

그녀의 안경 속 두 눈에 점점 총기가 돌아왔다. 왠지 오토모 씨는 그게 너무나 소름 끼쳤다. 그녀는 오토모 씨를 똑바로 보고 갑자기 수다스럽게 떠들기 시작했다.

"처음에는 손님인 줄 알았어요. 아, 너무 어색하다! 그렇지만 여기는 편의점도 아니니까 괜찮다고. 난 참 바보구나. 그렇게 생각했어요."

"……무슨 소리야?"

"책장 말이에요." 대답이 돌아왔다. "책장이요. 책을 진열한 선반. 처음에는 문고판 책장이었어요. ○○사(출판사 이름)의 코너였어요.

거기서 책 교체 작업을 하고 있었어요. ○○문고는 색깔이 다채롭고 반짝거려 예쁘잖아요. 그걸 보면 할머니 집에서 먹은 마블 초콜릿이 생각나요."

갑자기 다른 사람처럼 떠들기 시작한 야노 씨의 모습에 오토모 씨는 넋을 놓고 말았다. 아니, 솔직히 으스스한 느낌이 더 강했다.

야노 씨는 계속 떠들었다. "초록색, 틀림없이 초록색이었어요. 책등이. △△△△(저자 이름)의 《×××(책 제목)》이요. 《×××》를 책장에서 뺐어요. 《×××》 왼쪽에는 《××××××××(책 제목)》이 있었어요. 오른쪽에는 《×(책 제목)》가 있었고요. 그래서 《×××》를 뺐어요. 틈이 생겼죠. 그 틈, 책과 책 사이의 틈에 눈이 있었어요."

눈?

"있는 것 같아서 얼른 눈을 깔았어요. 반대편 손님과 눈이 마주친 줄 알았죠. 있잖아요. 편의점에서 페트병 음료수를 사려는데 건너편에서 물건을 보충하는 직원과 눈이 딱 마주칠 때처럼요. 아, 보고 말았다! 그렇게 생각했죠. 그런데 금방 깨달았어요. 우리 책장, 뒤가 막혀 있잖아요?"

맞다. 서점의 책장은 이른바 단식(單式) 서가라고 해서 한쪽 면에만 책을 꽂을 수 있다. 장소에 따라 등을 맞대어 배치해 사용하고 있다. 그리고 뒤가 막혀 있는 타입이다. 당연히 책과 책 사이의 틈으로 반대편이 보이는 일은, 절대 없다.

"어라? 그렇게 생각하고 다시 봤더니 이미 없었어요. 책과 책 사이 틈에는 갈색 널빤지만이 있었죠. 피곤한가 보다고만 생각했죠."

하하하. 깜짝 놀랐네. 갑자기 그녀가 웃기 시작했다.

"3주가 지나 또 봤어요. 이번에는 러시아문학 코너였어요. 《×××××(책 제목)》이요. 책장에서 단행본을 꺼냈을 때 그 안에 있었어요. 이쪽을 보고 있더라고요. 마치 벽장 틈으로 안을 들여다보듯이. 눈동자가 크고 귀여운 눈이었어요."

"자, 잠깐만!"

오토모 씨는 손바닥을 얼굴 앞으로 내밀었다. 혼란스러웠다. 생각할 시간이 필요했다. 그러나 야노 씨는 이야기를 멈추지 않았다.

"이후로는 일주일에 한 번 정도로 보였어요. 처음에는 그냥 좀 이상했어요. 왜 저런 데 있지? 좁지 않을까? 외롭지 않을까? 그 정도였어요."

당연한 얘기지만 서점에서 사용하는 책장은 사람이 들어갈 만한 깊이가 나오지 않는다. 책 안에 사람 하나가 숨어 있을 만한 공간이 있을 리 없다.

후후. 야노 씨는 미소를 지었다. 가늘어진 눈의 초점이 맞지 않았다.

"점차 목소리도 들리기 시작했어요. 목소리라기보다 노래? 아, 오늘은 있구나. 대체로 어느 책장에 있는지 알게 되었어요. 배가 고프지 않을까? 그런 생각이 들면 요리책 코너에서 보였죠. 두꺼운 의학책 안에서 찾았을 때는 눈뿐만 아니라 귀와 뺨도 반쯤 보여서 기

뺐어요. 부끄러웠는지 금세 사라졌지만요."

"야노 씨, 미안하지만 잠깐……."

"그게, 저 고등학교 때 낙태했어요. 학원 선생님이었죠. 그래선지 행복했다고 해야 하나, 어쩐지 선택된 느낌이랄까."

"제발, 야노 씨……."

"아, 보세요!" 야노 씨가 소리치며 의자를 박차고 일어났다. "여기라고요!"

소리치며 사무실을 뛰쳐나간다. 정말 놀라고 소름이 끼쳤다. 모두 다 내던지고 집에 가고 싶었다. 그러나 출입구는 방금 야노 씨가 뛰쳐나간 문밖에 없고 그녀를 그냥 둬서는 안 될 것 같았다.

사무실에서 매장으로 나가보니, 어두운 매장 한가운데서 야노 씨가 뭔가를 찾고 있었다. 환한 미소를 짓고 사방팔방으로 고개를 돌리고 있다. 문고판 책장 너머로 달려갔다.

오토모 씨는 떨리는 다리를 간신히 끌어 그 책장으로 향했다.

허리를 굽힌 야노 씨가 있었다. 발밑에는 문고판 하나가 떨어져 있다. 그로 인해 생긴 책과 책 사이 틈을 보며 야노 씨는 생긋 웃고 있었다. "안녕!" 인사하며 손을 흔들고 있다. "시간이네."

그녀가 어떤 눈빛이었는지, 오토모 씨가 서 있는 자리에서는 볼 수 없었다.

야노 씨가 웃으며 이쪽을 봤다. 이리 오라고 손짓한다. 오토모 씨는 고개를 살짝 흔드는 것 외에는 아무것도 할 수 없었다.

야노 씨가 다시 틈으로 시선을 돌렸다. 그 눈을 동그랗게 뜨고 이렇게 말했다. "만져도 돼? 처음이네. 고마워."

그러곤 야노 씨는 검지를 틈에 넣었다. "요렇게 요렇게"라고 말하면서 틈에서 손가락을 움직였다.

"먹어버리고 싶네."

이건 아니다 싶었다. 정신을 차렸을 때는 비명을 질러대고 있었다. 야노 씨가 깜짝 놀라며 손가락을 뺐다.

오토모 씨는 책장 쪽을 보지 않으려고 노력하며 그녀에게 다가가 손목을 잡고 끌고 나왔다. 어디서 그런 용기가 났는지 지금도 모른다. 책장과 책장 사이를 빠져나와 서점을 나올 생각이었다. 야노 씨는 조금 전까지의 모습이 거짓말이었던 것처럼 허탈한 모습으로 이끄는 대로 끌려왔다.

이후 야노 씨는 무단결근이 이어지더니 얼마 후 그녀의 어머니가 사직서를 가져왔다. 어머니의 뺨은 핼쑥했다. 사정을 물어도 "죄송합니다"라는 말을 되풀이할 뿐이었다.

얼마 후 역의 2층 서점은 문을 닫았다. 오토모 씨는 지금도 매일 지하 서점에서 일하고 있다.

2장

특별한 장소

〈개〉 시오나미서점 히로시마 지점, B 씨

무서운 이야기가 아니어서 죄송합니다.

제가 일하는 서점에는 개 유령이 나타납니다. 여러 스태프가 봤습니다. 그리 무섭지는 않습니다. 아르바이트 직원은 이름을 붙이기도 했습니다.

어느 날, 사원 하나가 장난삼아 간식 캔을 놓고 퇴근했습니다. 집에서 키우는 작은 개용으로 샀다고 합니다. 캔을 따서 놓으면 냄새가 날 테니까 뚜껑은 따지 않은 채 탈의실에 놓아뒀죠.

다음 날, 뚜껑이 따져 있고 캔이 텅텅 비어 있었답니다. 이상한 일이었죠. 아마도 다른 스태프의 장난이라고 생각했는데.

〈잡음〉 야마토북스토어 야마구치 지점, Y 씨

우리 스태프는 모두 업무용 인컴(무전기의 일종입니다)을 착용하고 일합니다. 한쪽 귀에 꽂는 이어폰과 옷깃 근처에 차는 작은 마이크가 한 세트입니다.

계산대에 손님 줄이 길어서 혼자 소화할 수 없을 때나 재고 등의 문의가 들어와 계산대를 떠나야만 할 때는 그 마이크로 다른 스태프에게 보고합니다.

마이크로 한 말은 인컴을 착용한 스태프 전원에게 들립니다. 그래서 특정인에게 용건을 전하려 할 때는 "Y 씨, Y 씨"처럼 시작하면서 이름을 붙여 부릅니다.

그런데 자주 잡음이 끼어듭니다. 또 영문 모를 불가사의한 목소리가 들어올 때가 많습니다. 익숙지 않은 젊은 스태프는 처음에는 꺅, 비명을 지르기도 했죠.

기본적으로는 단순한 혼선이었습니다. 같은 주파수의 전파를 사용하는 무전기가 근처에 있을 때 거기서 시작된 음성이 이쪽에도 들어오는 거죠. 예를 들어 서점 근처에서 공사 같은 게 있으면 그 작업과 관련된 목소리가 들어올 때도 가끔 있었으니까요.

그러던 어느 날 밤 일입니다.

영업 종료 10분 전이었습니다. 마감 시간이 임박하면 일반적인 업무에 더해 서점을 닫는 데 필요한 준비를 시작합니다. 계산 마감을 비롯해 서점 안에 분실물이나 쓰레기가 남아 있지 않은지를 쭉 훑어봅니다. 또 서점 안에는 여기저기에 상품 홍보 영상이 흐르는 조그만 모니터가 있어서 그 전원도 꺼야 합니다.

서점 구석에는 유료 공동 작업실 공간도 있습니다. 이곳에는 먹다 남은 페트병이나 쓰레기가 남아 있을 때가 많습니다. 그곳의 쓰레기를 회수하는데 이어폰에서 음성이 들렸습니다.

"……말할 수 있을……까." 남성 목소리였습니다. "……그렇지만…… 말이야……."

중간중간에 잡음이 섞여 있었으나 목소리는 끈질기게 계속 들려왔습니다. 목소리의 주인은 한 명인 듯했고 어쩐지 화가 난 것처럼 들렸습니다.

저는 쓰레기를 들고 공동 작업 공간을 나왔습니다. 지나치는 스태프에게 "혼선이 심하네"라고 말했습니다. 그 스태프는 고개를 갸웃하며 다른 데를 정리하러 갔습니다.

우리가 사용하는 주파수는 공통이라 그녀의 인컴에도 혼선이 발생할 수밖에 없었습니다. 자기도 모르게 전원이 꺼졌나, 아니면 기기 고장인가. 그러나 별로 크게 신경 쓰지 않고 쓰레기를 들고 사무실로 향했습니다. 쓰레기는 직원 휴게실 쓰레기통에 분리해 버리게 되어 있었습니다. 페트병에 남은 음료수를 싱크대에 버리고 있을 때였습니다.

갑자기, 목소리가 또렷하게 들렸습니다.

"너한테 말하고 있다고."

바로 귀에 대고 호통을 치는 듯했습니다. 심장이 쿵 떨어졌던 게 지금도 생생하게 기억납니다.

"들리면 대답해." 목소리가 다시 이어졌습니다. "너한테 말하고 있다고. 들리면 대답해."

페트병이 싱크대에 떨어졌습니다. 손가락이 덜덜 떨렸거든요. 귀에서 이어폰을 잡아채 빼려고 손을 뻗으려 했습니다.

"손가락 하나라도 움직이기만 해봐."

이런 소리가 들렸습니다.

인컴 전원을 끄고 말았습니다. 심장이 쿵쿵 울리고 있었습니다.

〈네 명과 아홉 명〉 모나도서점 아키타 지점, E 씨

영능력자가 우리 서점의 액막이를 해준 적이 있습니다.

이유는 모르겠는데 우리 서점에는 다양한 부적이 붙어 있습니다.

화장실 도구함이나 창고, 사무실 사물함 속 같은 데 덕지덕지 붙어 있습니다. 특히 매장 게시판 뒤에는 아무것도 모르는 저 같은 사람은 전혀 구분할 수 없는 종류가 다른 부적이 여섯 장이나 붙어 있습니다. 부적이 붙은 시기도 제각각이라 오랜 시간에 걸쳐 붙여졌을지도 모르겠습니다.

우리 서점은 2002년에 열었습니다. 가장 오래 일한 사람이 15년 가까이 이곳에서 근무하고 있습니다. 그가 일하기 시작했을 때부터 부적이 있었다고 합니다. 그도 왜 붙여졌는지 모른답니다.

그러던 어느 해, 자칭 영감이 있다는 여성이 아르바이트 면접에 왔습니다. 서점에 들어오자마자 그녀는 의아한 표정을 지었습니다. 그러고는 사무실로 들어오더니 얼굴을 찌푸리며 점장에게 말했답니다.

"이 서점, 굿을 하는 게 좋겠어요."

점장은 반년쯤 전에 다른 현에서 막 부임한 사람이었습니다. 점장은 안 그래도 부적을 기분 나쁘게 생각하고 있었습니다. 그녀에게 그 말을 했다고 합니다. 그러자 그녀는 "바퀴벌레 퇴치제가 널려 있네요"라고 말했답니다. 그 비유가 무슨 뜻인지는 잘 모르겠으나 결국 그녀는 여기서 일하지 않겠다며 돌아갔습니다(인력이 부족한 터라 아주 곤란했습니다).

점장은 이후 너무 기분이 나빠져서 인맥을 통해 이른바 기도사라는 사람에게 의뢰했습니다. 얼핏 봐도 가발인 게 분명한 걸 뒤집어 쓴 중년 여성이었습니다. 그 여성은 서점이 문을 닫은 후 서점 안을 쭉 둘러보고는 매장 중심에 있는 굵은 기둥 앞으로 갔습니다(구조상 서점 한가운데 그런 기둥이 있는데, 어른 혼자 안지 못할 정도의 사각형 기둥입니다). 저도 저녁 근무여서 점장과 함께 그 작업을 지켜봤습니다.

그 여성은 기둥 앞에서 커다란 방울을 세 번 울렸습니다. 소의 목에 다는 커다란 방울이었습니다. 그리고 작은 접시에 담은 나뭇조각에 불을 붙였습니다. 나뭇조각은 새끼손가락 정도의 크기로, 불을 붙이니 향냄새가 났습니다. 이후 여성은 경인지 주문인지 축사인지 저로서는 알 수 없는 걸 읊어대기 시작했습니다. 여성의 목덜미에 땀이 스멀스멀 배어 나와 흐르는 게 보였습니다.

갑자기 경 같은 게 중단되었습니다. 여성은 눈을 감은 채 점장에게 몸을 돌리고 땀투성이 얼굴로 말했습니다.

"기묘한 방이 있어. 그곳에 남자가 네 명, 여자가 아홉 명, 갇혀 있어."

점장이 물었습니다. 무슨 소립니까. 여성은 그렇게 보이고 느꼈을 뿐이라고 대답했습니다. 아무래도 여성 자신도 당황한 듯 보였습니다.

점장이 위험하냐, 액막이굿을 해야 하느냐고 물었습니다. 그러자 여성은 손이 닿지 않는다고 말했습니다. 벽 너머의, 평범하게는 손이 닿지 않는 곳에 있다고.

"집일지도 몰라."

그런 말도 했습니다. 게다가 여성은 청소를 철저히 하라고도 말했습니다. 그것이 기묘한 것을 멀리하게 한다고. 이 서점은 먼지와 곰팡이가 특히 많지 않느냐며.

이때부터 저는 어쩐지 너무 바보 같다고 생각했습니다.

솔직히 그 여성이 그냥 아무 말이나 둘러대고 있다고 생각했습니다. 물론 지금도 그렇게 생각합니다. 확실히 이 서점은 습기가 많고 먼지도 잘 쌓입니다. 그러나 귀신을 멀리하려고 청소하라니, 어쩐지 노인네 잔소리처럼 들렸습니다.

결국 여성은 그 정도만 하고 돌아갔습니다. 비용은 15만 엔이었고요. 그 예산이 도대체 어디서 났는지 모르겠네요.

오카자키 하야토 선생님에게.

안녕하세요. 고단샤의 히시카와입니다.

아이 유령의 목격 정보를 보내달라고 요청한 후 새로 받은 경험담 세 건을 첨부합니다. 그런데 제가 판단하기에는 다 아이 유령과 관계가 없어 보입니다. 관련이 있는 듯한 에피소드가 오면 공유하겠습니다…….

그리고 〈틈〉에 대해 공유해드릴 게 있습니다.

그 서점(북미레 다카마쓰 지점)에 연락해봤습니다. 경험담을 보낸 점장 오토모 씨와도 직접 전화로 이야기를 나눴습니다. 그리고 기묘한 일을 겪었다는 전 직원 야노 씨와도 연락해달라고 부탁해놓았습니다. 그 결과 알아낸 사실은 현재 야노 씨는 실종 신고된 상태라는 겁니다.

야노 씨가 가게를 그만둔 것은 6년쯤 전입니다. 실종 신고는 2019년 4월에, 즉 5년 5개월 전에 가족들이 했습니다. 오토모 씨도 그녀가 실종 신고가 된 사실을 몰랐다면서 아주 큰 충격을 받았다고 합니다.

읽어봤다면 아시겠지만, 그 이야기에는 아이 유령으로 여겨지는 부분이 많습니다. 야노 씨는 '책과 책 사이 틈'에서 분명 아이의 모습을 발견한 듯합니다. 또 "시간이네"라는 발언도 했습니다. (여기서 시간이란, 어떤 시간일까요? 너무 궁금합니다.)

또 야노 씨는 그 존재에 강한(병적인?) 애정 같은 것을 쏟고 있었어요. 빙의되었다고 표현하는 게 정확할지 모르겠습니다. 개인적인 감상이기는 한데 〈틈〉은 틀림없이 불길한 이야기입니다. 다만 제게는 공포보다 생리적인 혐오감이 더 큰 이야기였습니다. 아마도 제게는 아이를 갖고 키우는 게 곧 다가올 일이고 중요한 주제이기 때문일지 모르겠습니다. 특히 최근에 아내와 이모저모 이야기를 나눌 기회가 많았던 만큼 너무나 불쾌했습니다.

야노 씨의 실종에 아이 유령이 어떤 형태로 관계가 있을까요? 그녀의 정신 상태가 위험한 수준이었음은 분명합니다. 무사하기를 바랄 뿐입니다.

죄송합니다. 이야기가 딴 데로 빠졌네요.

어쨌든 이로써 적어도 세 점포에서 아이 유령(같은 것)이 관측되었다는 사실을 알게 되었습니다. 오카자키 선생님은 어떻게 생각하세요?

지금, 모리 씨와 니노미야 씨에게 해당 서점을 방문한 적이 없었는지 다시 확인하고 있습니다. 〈틈〉은 6년 전 일입니다. 6년 전에 아이 유령은 이미 존재했다는 말이 됩니다.

뭔가 새로운 정보를 알게 되면 알려드리겠습니다.

사카오리신사는 오카야마역에서 네 정거장 떨어진 무인(無人) 역 근처에 있다. 역에서 걸으면 작지만 울창한 산에 신사의 신전이 얼굴을 빼꼼 내밀고 있다. 9월 18일. 흐린 날이었다. 자판기에서 산 물을 마시고 도리이신사 입구에 세운 기둥문를 통과해 돌계단을 올랐다.

티파니 블루와 비슷한 옥색 하카마통이 넓은 치마바지 형태의 전통 의상를 입은 하루나 씨가 조심스러운 미소로 맞아주었다. 신사를 관리하는 신관의 일종인 네기(禰宜)라는 직책을 맡은 하루나 씨는 40대 초반 여성이다. 지금 이 신사의 구지(宮司)는 그녀의 아버지이다. 참고로 구지는 일반 회사로 따지면 사장, 네기는 부장 정도로 생각하면 된다. 아마도 다음 구지는 하루나 씨가 될 것이다.

지난달 말, 나는 전업 작가가 되었다. 그전까지는 디자인 회사에서 일하며 주로 지역 기업과 자치단체의 홍보와 브랜딩을 담당했다. 그 일 가운데 하나로 이 사카오리신사의 로고, 웹사이트, 팸플릿을 제작했다. 당시 담당자였던 하루나 씨와 이야기를 나누다가 그녀가 상당한 독서가임을 알게 되었다. 다양한 분야에 조예가 깊고 엔터테인먼트 지식도 상세했다. 요컨대 이야기가 잘 통한다는 것이다. 이후 가끔 연락해 그녀의 전문적인 지식을 빌리거나 그저 잡담을 나누며 관계를 유지해왔다.

응접실로 이동해 대충 세상 이야기를 나누다가 본론으로 들어갔다. '서점 괴담(가제)'을 설명한다. 기획과 취지. 전국 서점에서 다양한 괴담이 모인 사실. 아무래도 동일한 괴이가 여러 서점에 나타난다는 것. 그 특징…… . 감출 부분은 감춘다.

일단 설명을 다 끝내고 나는 앞에 놓인 차가운 녹차를 마셨다. 목이 말랐다.

하루나 씨는 콧등에 손가락을 대고 한동안 침묵했다. 그러곤 마침내 입을 뗐다. "서점의 근원을 따지고 올라가면 대체로 '성스러운 장소'에 도달해요. 그래서 불가사의한 일이 벌어지기도 쉬울 거예요."

"네?" 나는 잔에서 입을 떼고 말했다.

하루나 씨는 당황하며 손을 내저었다. "죄송해요. 설명할게요. 그러니까 예전에는 지식이나 정보가 모이는 장소가 종교 시설이었어요. 그곳에서 성직자가 책을 만들고 관리하고 널리 알렸죠."

아아, 그렇구나. 나는 수긍했다. 하루나 씨는 구체적인 예를 알려줬다.

"가장 유명한 곳이 중세 유럽의 수도원이죠. 그곳에는 귀중한 성서와 고전이 대량으로 보관되었어요. 책이란 바깥 세계에서는 전무라고 할 정도로 존재하지 않던 시대죠. 그렇게 귀중한 책은 스크립토리움(Scriptorium)이라는 방에서 수도사가 필사해 새로운 책으로 만들어냈어요. 그 책으로 지식을 전파했고요. 종교의식을 행하면서 책을 제작하고 보관하고 확산시켰습니다."

"그랬군요."

아름답게 꾸며진 필사본들이 머리에 떠오른다.

"일본도 마찬가지입니다. 불교가 전해진 이래 절이 지식과 문화의 중심이었습니다. 승려들은 그곳에서 사경에 힘썼고요. 절에는 경장(經藏)이라고 일종의 서고가 있어요. 그곳에 중요한 경전과 고전을 보관했습니다. 절 글방이라는 말도 있잖아요. 절은 교육기관의 역할도 했습니다. 책으로 다양한 지식을 전파했죠. 일본에 불교를 전한 중국에서도 절과 책의 관계는 대체로 비슷합니다."

"흥미롭군요."

"종이나 양피지가 존재하지 않아서 파피루스와 점토판을 사용한 시대도 마찬가지예요. 고대 이집트의 신전에도, 메소포타미아의 신전에도 당시의 '책'에 해당하는 매체를 만들고 보관하고 발신하는 장소가 있었습니다. 무엇보다 당시의 읽고 쓰는 기술은 성직자를 비롯한 극히 소수의 사람만이 독점했으니까요. 이처럼 예를 들자면 끝이 없어요."

"요컨대 예전에는 대부분의 문명에서 종교 시설의 위광이 강했다, 그래서 그곳에 지식이 집약되었고 지식은 책이라는 형태로 보관되고 전파되었다는 거군요. 그게 서점의 기원이고요."

"맞아요. 당시는 우리 같은 성직자가 성역에서 책을 지켰죠."

그러므로 불가사의한 일도, 인간의 지혜를 넘는 일도 발생하기 쉽다고.

마침내 시대가 흘러 인쇄 기술이 발전하면서 책이 대량 생산된다. 그에 따라 서점의 기능이 종교 시설에서 독립했다는 말인가.

흥미로웠다. 평소 품고 있던 서점이라는 장소에 대한 인상이 완전히 바뀌는 이야기였다. 다만 너무 장대해서 현실의 수수께끼에 적용하기에는 너무 큰 칼날이었다.

나는 감사 인사를 전하면서 화제의 틀을 확 좁혔다.

"유령이란 무엇인가요?"

"무슨 말씀이죠?"

"신도에서는 통일적인 견해 같은 게 없나요?"

"없어요. 유령이라는 존재 자체를 인정할지 안 할지는 신관에 따라 저마다 다릅니다. 저는 본 적은 없지만 있다고 생각하는 부류입니다."

"그럼, 하루나 씨에게 유령은 어떤 존재입니까?"

어디까지나 개인적인 의견이라고 전제하고 알려주었다.

"인간에게는 혼이 있어요. 혼이란 마음을 관장하는 에너지 같은 거죠. 혼에도 여러 종류가 있는데 그건 일단 여기서는 얘기하지 않기로 해요. 육체가 죽으면 이 혼은 육체를 떠나 하늘이나 땅으로 돌아간다고 생각합니다. 이걸 성불이라고 하죠. 그런데 어떤 이유로 그러지 못한 혼이 있어요. 그것이 유령이 되어 이 세상을 떠돈다……는 게 제 생각입니다."

"성불하지 못한 이유는요?"

"그야 인간이 저마다 다르듯 혼도 저마다 사정이 있을 겁니다. 그러나 강한 원한이나 후회 같은 게 족쇄가 될 때가 많지 않을까요. 유감이라는 말이 있듯이 이 세상에 생각이나 감정이 남아버릴 때도 있을 거고요.”

비어버린 내 잔에 하루나 씨가 차를 따라주었다.

“유령이 동시에 여러 장소에 존재할 수 있을까요?” 내가 물었다.

“가능하다고 생각해요. 예를 들어 여기 사카오리신사에서 모시는 신은 아마테라스 오미카미일본 신도의 최고 신으로 태양을 관장하는 신입니다. 그러나 같은 신을 모시는 신사가 일본에만 4,400곳이나 된답니다.”

“그래요……?”

“이와 마찬가지로 혼다와케노미코토일본 신도의 하치만구의 제신으로 무운의 신를 모시는 신사는 8,000곳입니다. 그리고 스가와라 미치자네일본 헤이안시대의 정치인이자 학자를 모시는 신사는 4,000곳 정도고요. 둘 다 가장 적게 추산한 숫자랍니다. 각지의 작은 신사나 신흥 종교 시설까지 포함하면 실제로는 몇 배 많을 거예요.”

“즉 신은 동시에 여러 곳에 존재할 수 있다?”

“적어도 신도에서는 그렇게 생각합니다. 신뿐만 아니라 정령이라고 부르는 자연물을 관장하는 존재도 마찬가지죠. 그리고 조금 전에 말한 혼도요. 그래서 저는 유령도 동시에 여러 장소에 존재할 수 있다고 생각해요.”

즉, 아이 유령은 여러 서점에 동시에 존재할 수 있다는 것이다.

“미타마와케’, 신령 나누기라고 아세요?”

“그게 뭔가요?”

“이름 그대로 신의 혼을 나누는 작업입니다. 그렇게 하면 한 신사에서 모시던 신을 다른 신사에서도 모실 수 있게 됩니다.”

“아아, 그래요?”

“그 작업 덕분에 같은 신을 전국의 여러 신사에서 모실 수 있답니다.”

소박한 의문이 생겼다.

“그러면 신의 에너지 같은 게 줄지 않나요? A 신사에서 B 신사로 나누면 원래 100이었던 신의 에너지가 50으로 줄지 않을까요?”

“상관없어요.” 하루나 씨는 손으로 입을 가리고 웃으며 말했다. “피자를 나누는 게 아니니까요.”

“그렇다면…… 복사해 붙인다는 표현에 가까울까요?”

“촛불의 불을 옮겨도 불 자체의 크기는 변함이 없잖아요. 오히려 신앙하는 장소가 늘어날수록 신의 힘은 커질 겁니다.”

흥미롭다.

“그 신령 나누기라는 작업은…… 구체적으로 어떻게 이루어지는 건가요?”

“신령 나누기를 위한 축사가 있어요.”

“자주 들어본 말이기는 해요. 그런데 축사란 뭔가요?”

“신에게 올리는 기도문이죠. A 신사의 신 앞에서 읊어요. 그리고 B 신사가 지참한 요리시로(依代)에 모십니다.”

"이것도 자주 듣는 개념인데요…… 요리시로란 뭡니까?"

"알기 쉽게 말하자면 '성스러운 존재가 깃든 것'입니다. 예를 들어 한 신사의 본전에 작은 거울이 모셔져 있다고 쳐요. 그게 그 신사가 모시는 신의 요리시로입니다. 신이 거울에 깃들어 있는 것이죠."

"그렇군요."

"거울처럼 구체적인 물건에 깃들면 인간과 이어지기 쉬워요. 신이나 혼, 정령 같은 성스러운 존재는 평범한 인간의 눈에는 보이지 않아요. 목소리도 들리지 않죠. 그럼, 어디를 보고 합장해야 할지 알 수 없어요."

"아, 듣고 보니 그러네요."

"눈에 보이는 물건에 깃들어 있으면 기도를 올리거나 마음을 전할 수 있죠. 때로는 반대로 신탁이라는 메시지를 받기도 쉽고요. 즉 요리시로 덕분에 신과 혼, 정령이라는 존재와 소통할 수 있는 겁니다."

하루나 씨는 이어서 계속 말했다.

"거울 외에도 신사에서 요리시로로 많이 사용하는 물건은 도검, 구슬 등이 있어요. 다만 삼라만상에 800만의 신이 깃들어 있듯이 일본에서는 모든 것에 성스러운 존재가 깃들어 있다고 생각합니다. 즉 모든 게 요리시로가 될 수 있죠."

"사카오리신사는 무엇을 요리시로로 모시나요?"

"저는 몰라요."

"모르세요?"

"네. 본전 안에 신이 무엇에 모셔져 있는지는 원래 그 신사의 구지만이 안답니다. 성스러운 일이니까요."

"그렇군요……. 어쨌든 신령 나누기로 신을 A 신사에서 B 신사로 복사, 붙이기가 가능하다는 거군요."

"맞아요. 신령 나누기 작업 후 B 신사의 신주는 신이 깃든 요리시로를 모시고 돌아갑니다. 자신의 B 신사까지 신을 모시고 가는 거죠."

다른 서점에 데려가듯이?

나는 잔뜩 흥분해서 말했다. "그렇다면 신령 나누기처럼 어디선가 탄생한 아이 유령이 손님이나 직원에 붙어 각지로 퍼져 나갈 수도 있을까요?"

"충분히 가능한 일이죠."

"그렇다면 조건은요?"

"조건?"

"유령이 붙는 조건이요. 조금 전 말씀하신 신령 나누기의 축사 같은, 절차라고 불러야 할지 모르겠네요. 아이 유령을 데려오는 사람도 어떤 절차를 밟지 않을까요?"

"그럴 수도…… 있겠네요. 원해서 한다고 볼 수는 없잖아요. 그러니까 무의식적으로 무슨 일을 해버렸을지도 모르겠어요. 뭔가가 영혼의 스위치를 눌러 지독하게 집착하게 만들지도요."

"구체적으로 어떤 걸까요?"

"……행동이라고 국한할 수는 없어요. 눈빛…… 성장 배경……
안고 있는 결함…… 건강이나 정신 상태…… 이것들은 절차라기
보다는 역시 조건이겠네요. 다만……." 하루나 씨는 고개를 젓고
말을 이었다. "어떤 조건이나 행동에 영혼이 집착하는지는, 구체적
으로 모르겠어요. 그거야말로 영혼마다 다르니까요."

머리가 뜨거워졌다. 나는 녹차를 입에 머금었는데, 이미 얼음이
녹아 밍밍했다. 다 마시고 물었다.

"유령에 시달려서 도와달라고 의뢰하면 어떻게 되나요?"

"실제로 가끔 있어요. 그렇지만 저희 관할 밖이라."

"관할 바깥이라."

"우리는 신에게 소원을 비는 곳이에요. 유령과 겨루기는 안 해
요. 그래서 다른 곳을 소개하죠."

"다른 곳이요?"

"보통 기도사라고 부르는 분이요. 그리고 액막이굿에 주력하는
절도 있어요. 오카야마에도 여럿 있죠. ……저도 마음에 걸리는
게 있는데 여쭤봐도 될까요?"

"뭔데요?"

"그 아이 유령은 서점이나 그 주위에만 나타나나요?"

아아, 맞다!

"그러니까 병원이나 학교, 폐가 같은 곳에는 왜 나오지 않느냐는 말씀인가요?"

"맞아요. 만약 그렇다면 왜 굳이 서점에 집착하는지……."

9월 25일.

"아, 안녕하세요."

「안녕하세요. 오카자키 선생님, 들리세요?」

"네. 들려요. 히시카와 씨는 평소와 화면 구도가 다르네요. 스마트폰인가요?"

「아, 아뇨. 아이패드예요.」

"밖이세요? 아니, 뒤는 평소 사무실 같은데."

「아, 네. 회사인데…… 컴퓨터 상태가 안 좋아서…….」

"그랬군요……."

「신관님 취재를 도와주서서 감사했어요. 정보 공유도 감사하고요. 서점의 근원이 성역이라는 이야기, 정말 흥미로웠습니다.」

"그렇죠?"

「신령 나누기도 큰 배움이 되었어요. 사람을 매개로 아이 유령이 퍼진다는 가설이라니, 진실성이 커졌습니다.」

"맞아요."

「일단 이 방향으로 생각하죠. 참고로 모리 씨도 니노미야 씨도 다른 서점을 방문한 적은 없답니다.」

"그렇다면 손님이나 다른 직원이 매개로 이용되었을까요? 범인을 찾기는 어렵겠네요."

「네……. 이어서 제 성과도 알려드릴게요. 우선 그 문제는 빨리 진행해두었습니다. 편집자 인맥을 통해 실화 계열 괴담 작가와 괴담 작가분들을 소개받았습니다.」

"와! 대단하세요."

「미즈노 미유치 선생님, 메무 선생님, 우나바라 뉴도 선생님까지 세 분입니다.」

"아, 들어본 적 있어요."

「다들 괴담을 대량 수집한 프로들입니다. 괴담사로 주목받는 분도 있어요. 메무 선생님은 올해 괴담계의 M-1 그랑프리 같은 큰 대회에서 우승했답니다.」

"알아요. 머리가 분홍색과 보라색인 여성분이죠?"

「네, 맞아요! 이번 기획에 대해 설명했어요. 그리고 여러 서점에 같은 아이 유령이 나오는 것 같다고 말씀드렸습니다. 그러자 모두 놀라더군요. 애당초 서점이라는 장소가 괴담의 무대라는 의식이 옅었던 모양입니다.」

"굳이 취재한 적이 없었겠죠."

「그런 것 같아요. 그래서 아이 유령의 특징을 자세히 설명했어요. 그리고 서점 외의 장소에서 비슷한 존재에 관한 소문을 들은 적이 있는지 물어봤습니다.」

"그랬더니요?"

「결론부터 말하자면 들은 분은 없었습니다. 메무 선생님은 지인들에게도 물어봤다는데 역시 다 모른다고 했대요.」

"음, 샘플을 얼마나 모아야 하는지 판단하기 어렵네요……. 어쨌든 서점과 그 관계자 주위에만 나온다고 가정하는 편이 건설적이겠네요."

「요컨대 그 유령은 역시 기본적으로 서점에만 서식한다. 그리고 어떤 조건을 갖춘 사람에게 붙어 이동해 증식한다. 옮겨 간 서점에 다시 정착한다……?」

"……왜 서점일까요?"

「이것도 선생님들에게 물어봤습니다. 모두 다양한 의견을 제시했는데 우선 모든 분이 공통적으로 다음과 같은 가설을 주장했습니다. '서점이라는 장소에 상당히 강한 원한이 있는 게 아닐까?'」

"그래요……?"

「생전에 서점에서 어떤 억울한 일을 당하지 않았을까? 그래서 서점에 집착하는 게 아닐까?' 예컨대 어느 서점에서 무차별 살인 사건이 발생해요. 그곳에서 원망을 품고 죽은 인물이 있고요. 그러면 그 서점에 유령이 나타나요. 그 유령은 어떤 조건을 채운 사람에 붙어 이동해 증식하죠. 그리고 옮겨간 서점에 빨려들듯 정착해요. 서점이라는 장소에 미처 소화하지 못한 원한이나 증오를 품고 있으니까요.」

"이해가 될 듯도 한데……. 영 개운치 않기도 하고."

「그 마음 이해합니다. 다만 이 가설을 받아들이면 유령의 발생원을 찾을 수 있어요.」

"그러니까…… 과거에 참극이 일어난 적이 있는 서점을 조사하자는 말씀이군요."

「네……. 이 역시 그리 좋은 짓은 아니지만요.」

"조금 전 히시카와 씨가 언급한 예는 하치오지 묻지마 사건이 바탕이죠?"

「네. 맞습니다. 순간 나왔어요. 다만 물론 그 사건의 피해자는 어린애가 아니었죠. 혹시 오카자키 선생님은 서점에서 일어난 참극을 아세요?」

"바로 떠오르는 건 없어요. ……일단 악의를 품은 가해자가 있는 사건으로 한정할 수는 없겠네요. 비참한 사고일 가능성도 있죠. 재해일 수도 있고."

「네. 만약 그 사건이나 사고의 특징이 아이 유령의 특징에 어떤 형태로든 반영되어 있다면 발생원을 찾을 단서가 될 겁니다.」

"그러네요……. 그럼 그 방향으로 추진한다고 치고 어떻게 조사하죠?"

「저는 이전과 마찬가지로 서점 쪽을 돌아다니며 물어볼까 해요. 일본서점상업조합연합회에 문의하는 방법도 있죠. 다음은 잡지 기자 중에 아는 사람이 있어서 상담해보려고요.」

“저도 신문기자나 방송국 지인에게 물어볼게요. 그리고 도서관 자료 검색 서비스도 이용해야 할 것 같은데…….”

거기서 더는 참지 못하고 말하고 말았다.

“저…… 무슨 일이 있습니까?”

히시카와 씨가 그대로 굳어버렸다. 그의 모습은 처음부터 조금 이상했다. 개인 소지품인 아이패드로 영상 회의를 하는 것도 이상한 일이나 그것만이 아니다.

그는 중간중간 뭔가를 살피듯 힐끔힐끔 시선을 화면 밖으로 던졌다. 정확하게 말하면 화면 위 어딘가로. 그리고 그에게는 긴장감이 있었다. 더 자세히 표현하자면 경계하는 듯 보였다.

「아니, 별일 아닌데…….」

히시카와 씨는 말을 끊고 미간을 찌푸리더니 뭔가를 각오한 듯한 표정을 지었다.

「속여서 죄송해요. 말할게요. 실은.」

그의 이야기를 정리하면 다음과 같다.

그의 책상에는 전화와 컴퓨터가 있다. 그 앞에는 읽고 있는 책이나 원고 다발이 쌓여 있다. 그곳에서 매일 원고를 읽고 교정하고 담당 작가와 메일을 주고받거나 온라인 회의 프로그램으로 회의한다. 그런데 며칠 전부터 책상에서 일하고 있으면 가끔 사람의 시선이 느껴지게 되었다.

고개를 들어 주위를 살핀다. 그러나 아무도 자기를 보고 있지 않다. 기분 탓이려니 하고 읽던 원고로 시선을 떨군다. 그런데 역시 시선이 느껴진다. 그런 일의 연속이었다.

그리고 어제, 자정이 다 되어가고 있었다. 야근하며 신인상 응모 원고를 보고 있었다. 일반적인 신인상이라면 초벌 읽기라고 해서 예선전에서 떨어뜨릴 원고를 골라주는 인원을 고용한다. 그러나 그가 속한 부서의 신인상은 편집자가 모든 원고를 보는 게 원칙이었다. 당연히 편집자의 부담이 가볍지 않다. 그래서 이 상을 심사하는 시기는 아무래도 일이 몰려 야근하는 일이 많았다.

부서에는 혼자 남아 있었다. 어쩌면 같은 층을 쓰는 다른 부서에는 누군가가 남아 있을지 모른다. 그러나 적어도 그의 책상이 보이는 범위에는 아무도 없었다. 소리도 들리지 않았다. 그저 수많은 빈 책상과 컴퓨터만이 조용히 놓여 있을 뿐이다.

그때 그가 읽던 원고는 매우 폭력적인 것이었다. 저항할 방법이 없는 캐릭터들이 적대자에게 무참하게 당하기만 한다. 문장도 오자가 많았다. 그 거칠기만 한 원고에 지쳐 있었다. 그는 일단 쉬기로 했다. 커피를 마시면서 별생각 없이 괴담을 프린트해둔 종이로 손을 뻗었다.

메일로 받은 괴담 수는 이미 80건에 가까웠다. 속도는 좀 떨어졌으나 지금도 매일 끊임없이 조금씩 도착하고 있다. 어디서 들었는지, 이제까지 대화를 나눠본 적 없는, 이름조차 모르는 지방 서점에서 보내는 일도 늘어났다.

그냥저냥 훑어보기만 할 생각이었는데 정신을 차리고 보니 괴담을 10여 장 가까이 읽고 말았다. 무슨 짓이야? 이 페이지만 읽고 신인상 원고로 돌아가자.

그렇게 마음먹은 순간 시선을 느꼈다. 반사적으로 고개를 들면서 그는 다시 아무도 없다는 사실을 떠올렸다. 누군가가 볼 리 없다. 즉 괜한 기분 탓임이 분명하다.

그의 앞에 있는 컴퓨터는 시커멓다. 일정 시간 사용하지 않아서 화면이 대기 화면으로 바뀐 것이다. 그 화면에 비친 그가 이쪽을 응시하고 있었다.

앗! 시커먼 화면에 비치는, 자기 얼굴을 똑바로 응시한다. 상대도 이쪽을 바라보고 있다. 자신이 시선의 중심을 컴퓨터에 맞추는 것보다 한 템포 빨리 화면 속 그가 이쪽을 바라보는 느낌이 들었다.

다시 원고로 눈길을 떨어뜨렸다. 조금 있다가 퍼뜩 고개를 들었다. 화면 속의 그는 이번에는 그와 같은 타이밍에 얼굴을 들었다. 신경이 쓰여 여러 번 같은 짓을 반복했다.

다섯 번인가 여섯 번쯤 되풀이하다가 무슨 짓인가 싶어 웃고 말았다. 웃으면서 피곤해서 그러니 이만 돌아가자고 생각했다.

화면 속의 그는 웃고 있지 않았다. 기어이 화면 속 자신을 보고 만다. 지금, 이 남자가 이쪽을 바라보면서 쓱 얼굴을 들이밀면 어쩌지?

그는 화면에서 눈을 피했다. 그리고 키보드를 두드려 밝은 화면으로 돌려놓았다. 설정을 바꿔 시간이 흘러도 화면이 꺼지지 않도록 했다. 그리고 전원을 *끄고* 화면을 보지 않게 조심하며 원고를 품고 사무실을 나섰다. 이후 아무래도 컴퓨터는 쓰기 두려워졌다.

「그래서…… 제 개인 아이패드를 가져와 최대한 이걸로 일하고 있습니다. 하하하……. 아마도 제가 잘못 본 거겠죠. 한심한 얘기예요.」

그는 그렇게 말하고는 옆에 있던 캔 커피를 단숨에 들이켰다.

나는 살짝 충격을 받았다. 그가 이토록 약한 모습을 보인 건 처음이었다.

그는 아이패드를 컴퓨터 앞에 세워놓았다. 힐끔힐끔 화면 위를 본 이유는 기어이 컴퓨터 화면을 살폈기 때문일 것이다. 다음 말을 어떻게 이어야 할지 망설이다가 입을 열었다.

"그 컴퓨터로 괴담을 받았죠?"

「그렇습니다. 다만 스마트폰으로도 전송되게 설정해놓았는데.」

"그랬군요…….."

내가 입을 다물자, 히시카와 씨가 말했다.

「이 일이 이번 프로젝트와 관련이 있다고 생각하세요?」

"아니……. 그런 어처구니없는 일은."

머릿속에 IP 개발 랩 담당자였던 쓰쓰미 씨의 미소가 떠올랐다.

떠오른 생각 대신 말했다. "히시카와 씨, 요즘 잠은 잘 자요?"

「아뇨……. 잠이 좀 얇아졌어요.」

"일이 너무 많은 것 같네요."

「그야…… 메퓌스토상고단샤에서 주최하는 신인 작가 발굴용 미스터리 문학상 시기는 언제나.」

"의식적으로라도 제대로 쉬서야 해요."

「알겠습니다. 신경 써주서서 감사합니다.」

영상 통화를 끝내고 곤노 씨라는 지인에게 연락했다.

그녀는 지방 신문사의 기자인데 여러 번 나를 인터뷰하고 기사로 실어준 사람이다. 지금은 문화부에 있으나 예전에는 사회부와 경제부에도 있었다. 곤노 씨에게 숨길 것은 숨기면서 사정을 말하고 적합한 정보를 어떻게 모아야 할지 물었다.

그러자 신문, 그것도 전국지 데이터베이스 서비스를 이용하는 게 좋다고 알려주었다. '살인 서점'으로 검색하면 그에 맞는 기사를 찾을 수 있다는 것이다. 많은 신문사가 비슷한 서비스를 유료로 제공하고 있는데 전국지 데이터베이스는 각지의 지역판 기사까지 검색할 수 있어서 가장 좋다고 했다.

그중에서도 한 대형 신문사의 서비스를 추천한다고 했는데, 그 신문사 계열 주간지 기사까지 데이터베이스에 있다는 것이 이유였다. 신문에서는 다루지 않을 성격의 사건이나 사고도 검색할 수 있다는 것이다. 다만 대학이나 도서관용 서비스이다. 개인적으로는 계약할 수 없어서 도입한 시설에 직접 가야 한단다.

곤노 씨와 전화 통화를 마치자마자 히시카와 씨가 메일을 보내왔다. 회의에 대한 감사와 함께 괴담 하나를 첨부했다. 때마침 우리가 대화를 나누던 중에 도착했다고 한다.

〈아→응〉 오린도서점 오타루 지점, W 씨

책장에 책을 진열할 때 그 진열 방식에는 여러 종류가 있는데 일반적으로는 저자 이름으로 진열할 때가 많을 겁니다. 저희 서점에서도 그 방법을 활용해 진열하고 있습니다. 예를 들어 문예 단행본이라면 일단은 순문학인지 엔터테인먼트인지 구분합니다. 순문학은 또 남성 작가, 여성 작가로 나눕니다. 그리고 그 안에서 이름으로 진열합니다. 만화라면 일단 연재 잡지로 크게 나눕니다. 그다음 이름으로 진열하죠.

문고판은 출판사별로 책장을 설치하고 있습니다. 그 안에서 저자 이름이 '아→응'으로 배열되도록 꽂습니다.

어느 날, 문고판 담당 직원이 황급히 저를 찾아왔습니다.

그녀의 얼굴은 완전히 창백했습니다. 그녀를 따라 문고판 코너에 가니, 어느 출판사(고단샤가 아니라 이름은 밝히지 않겠습니다)의 책장에 진열한 책이 전부 '응→아'로 바뀌어 있었습니다. 정확하게는 '응'

으로 시작되는 저자 이름은 없으니까 '와→아' 였죠.

서점을 오픈하기 전이나 문을 닫은 후의 이야기가 아닙니다. 평일 오후 3시쯤, 물론 영업 중이었습니다. 그 직원의 말로는 점심 먹기 전에 책을 보충했는데 그때까지는 이변이 없었답니다.

그 책장에 문고판은 500권 가까이 꽂혀 있습니다. 비교적 한가한 시간대라고 해도 이 정도의 작업을 하려면 적어도 수십 분은 걸립니다. 우리 직원과 다른 손님의 눈을 피해서 할 수 있는 일이 아닙니다.

이틀 후인 9월 27일.

나는 오카야마 시내의 북카페에 갔다. 작년에 문을 연 새 가게이다. 그곳에서 나의 북토크 행사가 열렸다. 주제는 주로 내 창작 방법, 그리고 지방에서 창작을 계속하는 데 대한 것이었다.

저녁 7시 반에 시작했다. 구라요시 하지메 씨라는 50대 중반의 남성이 사회를 맡아주었다. 구라요시 씨는 예전에 도쿄에서 잡지 편집자 겸 작가로 일한 사람이다. 종이 매체에 대한 풍부한 지식과 강한 애착을 지닌 사람으로 오카야마로 돌아온 뒤로는 지역 미디어의 설립과 기업 홍보 등에 관여하고 있었다. 나도 회사원 시절에 한 번, 지역 인쇄회사의 리브랜딩을 함께한 적이 있다.

손님은 스무 명 정도 들어왔다. 온라인 라이브도 이루어졌는데 고맙게도 꽤 많은 표가 팔렸다고 한다. 구라요시 씨는 내 저서를 다시금 읽어주었다. 덕분에 이야기는 상당히 뜨거웠다.

후반부, 화제는 새 작품으로 넘어갔다.

"호러라고 하지 않았어요?" 구라요시 씨가 말했다.

어디까지 밝혀야 하는지 생각하면서 대충 얘기했다. 서점을 무대로 한 호러로, 실화를 바탕으로 한다. 지금 실제로 경험담을 전국 서점에서 모집하고 있다. 그리고 괴담이 계속 도착하고 있다. 다만 동일한 아이 유령이 각지에 나타나고 있다는 내용은 숨겼다.

그때 구라요시 씨가 말했다. "왜 서점을 무대로 하자고 생각했어요? 아니, 고서점 같은 데라면 이해가 되는데요. 듣자니 평범한 신간 서점이라던데요."

"그게, 오카야마의 서점 직원분에게 이런저런 이상한 이야기를 들어서였어요."

북카페 내에서 작은 수런거림이 생긴다.

구라요시 씨가 말한다. "그렇지만 살다 보면 무서운 얘기 한두 개쯤은 누구나 듣게 되잖아요? 저도 한밤의 편의점이나 주유소에서 일어났다는 이상한 실화를 알아요. 그러나 주유소 괴담을 쓰자고는 생각하지 않죠. 오카자키 선생님은 왜 서점을 무대로 쓰자고 생각했나요? 역시 서점에 어떤 특별한 이유가, 오카자키 선생님 안에 있었던 게 아닐까요?"

"그건……." 예전에 튀김집에서 히시카와 씨에게 피력한 주장을 밝히려고 했다. 신선하니까. 서점 직원의 지원도 얻을 수 있을 테니까. 타산적이라고 생각해도 상관없다. 그러나 관두었다. "왜 그랬을까요?"

"특별한 장소이기 때문일까요?"

"그럴까요?"

그렇게 대답하며 떠올렸다. 분명 특별한 장소였다.

부모님은 내가 어렸을 때 이혼했다. 어머니는 여동생을 데리고 집을 나갔다. 나는 아버지와 사이가 좋지 않아서 내게 집은 편안한 곳이 아니었다. 또 학교에도 제대로 적응하지 못했다. 그래선지 강한 고독 속에서 어린 시절을 보냈고 덕분에 나는 책의 세계에 완전히 빠졌다.

"예전에도 서점에는 자주 갔나요?"

맞다. 10대 때는 매일 다녔다. 학교를 빠지면서까지. 돈도 없어서 서서 읽기만 해 폐를 끼쳤다. 틀림없이, 특별한 장소였다. 그러나 그런 속내를 토로하기에는 어쩐지 낯부끄러웠다.

"그러고 보니." 나는 화제를 피했다. "이런 이야기를 성직자에게 들었어요."

서점의 근원이 종교 시설이었다는 이야기를 전했다. 성스러운 장소였다고.

"재미있네요." 구라요시 씨는 웃으며 말했다. "아니, 사실, 역사적으로 보면 서점의 탄생은 정말 의미가 깊습니다. 마을에 서점이 생겼기에 현재의 우리가 태어났다고 할 수 있으니까요."

"무슨 말씀이죠?"

궁금해졌다.

그때 주머니에서 스마트폰이 진동하기 시작했다. 문자나 메일이 아니다. 전화 같다. 전원을 끄는 걸 깜빡했다. 그러나 착신 진동이 계속 이어지지는 않을 테니까 그냥 놔두면 될 것이다.

"과거에는 어느 나라나 지배자가 지식을 독점했습니다. 종교인이나 왕족 같은 사람들이죠. 지배하는 측은 백성이 어리석을수록 편하니까요. 자기 편의에 따라 정보를 조작했죠."

"아, 그렇죠."

"그런데 인쇄 기술의 발달로 책이 대량 생산되자 책을 판매할 장소가 필요해졌습니다. 그게 서점입니다. 처음에는 인쇄업자가 서점을 운영했습니다. 서점이 동네 여기저기에 생기니 지식이 일반인에게 퍼집니다. 식자율이 오르고 교육 수준도 높아지죠. 문화와 사상이 탄생한 겁니다."

"그 결과 민주화가 이루어졌다?"

스마트폰은 계속 진동하고 있다.

"그렇습니다. 르네상스와 종교개혁, 과학혁명 같은 결실로 이어졌죠. 이런 이야기가 나오면 구텐베르크의 활자 인쇄의 발명만 언급돼요. 그러나 그것을 사람들에게 전한 '서점'이라는 유통망이 정비되지 않았다면 이 정도의 발전은 없었습니다. 또 서점은 사람들이 교류하며 사상을 만들어내는 언론의 공간이기도 했으니까요."

"그렇군요."

스마트폰이 끈질기고 집요하게 진동하고 있다.

"서점은 결단코 단순한 소매점이 아닙니다. 사회 발전에 큰 영향을 주는 장소입니다. ……여기 주인이 이 북카페를 연 이유도 그런 서점이 마을에서 줄어들고 있는 상황을 걱정했기 때문입니다."

스마트폰이 멈췄다. 직후 또 진동하기 시작했다. 이상하게 신경이 쓰였으나 대화에 집중하려고 입을 열었다.

"말씀을 듣고 보니 역시 책은 강한 것 같네요. 끈질기다고 해야 할까요."

구라요시 씨가 고개를 끄덕인다. 그가 자신 있는 분야라서 그런지 수다스러워졌는데 그게 오히려 다행이었다.

"라디오, TV, 인터넷…… 새로운 미디어가 생길 때마다 책은 존속하기 힘들다는 이야기를 들었습니다. 그러나 종이책은 지금까지 끈질기게 살아남았죠."

"아마도 인간의 몸과 상당히 친화성이 높기 때문일 겁니다."

"일단 읽기 편합니다. 전달이 쉽죠. 얼마 안 되는 정보라면 스마트폰이나 컴퓨터로 검색해도 되지만."

"볼륨이 있는 정보를 제대로 내 안에 넣으려면 종이책이 강하다?"

스마트폰은 끊임없이 몸을 떨고 있다.

구라요시 씨가 말한다. "보존성도 좋아요. 이를테면 지금 일반적인 서적 용지로 사용되는 중성지는 수백 년이나 버틴답니다."

"그야 그렇죠. 박물관에 가면 1,000년도 더 된 사본이 남아 있으니까요."

"파피루스나 점토판부터 따지면 무려 5,000년 이상의 역사죠."

"디지털 데이터는 아무래도 위험해요."

"우선 날아갈 위험이 있어요. 지금 컴퓨터에 들어 있는 데이터가 100년 후에도 사라지지 않고 그대로 있을까요? 클라우드 서비스를 제공하는 기업이 100년 뒤에도 그 사업을 계속할까요?"

건성으로 대답한다. 스마트폰은 여전히 떨리고 있다.

"……또 보존 매체의 유행도 너무 빨리 바뀌어요. 지금 플로피 디스크를 재생할 수 있는 환경을 갖춘 사람이 얼마나 될까요? 예전에는 온 세상이 사용했는데 말이죠. 그 유행은 1970년부터 90년대까지 고작 30년 만에 끊어지고 말았어요. CD-ROM, USB 메모리는 얼마나 버틸까요?"

건성으로 대답한다. 여전히 스마트폰은 진동을 멈추지 않고 있다.

"……결국 책은 무언가를 이어 전하기 위해 존재합니다. 소중한 정보를 미래로 이어주려고, 다른 이에게 전달하려고 태어났죠. 그 힘은 현재도 여전히 줄어들지 않았습니다. 오히려 지금이 가장 강하다고 생각합니다."

진동이 멈췄다.

"……아, 오카자키 선생님?"

정신을 차린다. 구라요시 씨가 당혹스러운 미소를 지으며 이쪽을 보고 있었다.

북토크가 끝나고 사인회를 가졌다. 행사가 마무리된 이후 구라요시 씨, 스태프들과 함께 뒤풀이하러 장소를 옮기기로 했다.

그 전에 화장실에 들렀다. 스마트폰을 확인하니 행사 중에 온 전화는 고단샤에서 걸려온 것이었다. 다시 걸어 간단히 사정을 설명하려 했는데 다시 스마트폰이 진동하기 시작했다. 히시카와 씨였다.

「메일 보셨어요?」

매우 드문 일이라 놀랐다. 그의 목소리에 살짝 짜증이 섞여 있었기 때문이다. 그런 모습을 접하는 건 처음이었다.

"아뇨, 죄송합니다. 북토크 행사 중이었거든요."

「아아…… 그러셨어요? 맞다, 오늘 밤이라고 하셨죠.」

그는 바로 사과했다. 그럴 필요 없다고 대답했다.

「메일은 받으셨죠?」

나는 이어폰 마이크를 연결해 통화하며 화면을 조작해 메일함을 열었다. 정말 히시카와 씨가 보낸 메일이 도착해 있었다. 무려 세 통이다. 그런데 모두 제목과 본문이 다 비어 있었다.

「역시…… 그랬어요?」 그가 말했다.

"무슨 일이죠?"

「실은…… 회사 주소로 어떤 메일이 왔습니다. 그 메일을 전송했는데…….」

"역시라고 하셨는데 무슨 소리죠?"

「……회사 주소로 온 메일은 제 스마트폰으로도 전송되게 설정해놓았습니다. 오카자키 선생님에게 메일을 보내고 확인 삼아 스마트폰에서 원본 메일을 열어봤는데 제목과 본문이 다 비어 있더라고요.」

"네……?"

「그래서 너무 놀라 회사 메일의 보낸 편지함을 확인했습니다. 오카자키 선생님에게 보낸 메일을 봤더니 이것도 다 비어 있더라고요. 그래서 죄송하게도 여러 번 다시 보냈어요. 단순한 전송이 아니라 새 메일로 작성하고 거기에 원본 메일의 문자 정보를 복사해 붙여 넣고 송신하기도 했는데…….」

"그 원래 수신했다는 메일은, 회사 컴퓨터에서는 보이나요?"

「네. 잘 보입니다. 그런데 스마트폰이나 스마트워치로 전송하면 비어 있어요.」

"……어떤 내용인데요?"

「읽어드릴까요?」

"네."

「조금 특수한 내용입니다.」

"네?"

「왜 또 오고 말았어, 문을 꼭 잠그고 잤는데, 신발도 숨겨놨는데,

나오지 못하게 했는데, 아파, 돌이 가득 있어, 또 와, 무서워, 무서워, 방도 현관문도 다 잠갔는데, 창으로 왔나? 내가? 무서워, 싫어, 싫어, 일어났더니 또 여기에 있어, 방이 아니야, 이불이 아니야, 가게 앞에 있어, 살려줘, 무서워, 왜, 병원에 가고 싶어, 엄마, 무서워, 너무 무서워. ……이상입니다.」

할 말을 잃었다.

기이한 내용과 또 히시카와 씨가 그 기이한 문장을 담담하게 읽는 게 너무 으스스해서. 다른 나라의 언어로 경 읊는 소리를 듣는 것 같았다. 현실감이 사라졌다.

"그게, 본문 내용은 그게 전부인가요?"

「네. 제목도 없고 추신도 없습니다.」

"누가 보냈는지도 모르겠군요."

「아뇨. 구마데서점 가나가와 지점의 대표 메일 주소로 보냈습니다. 직접 연락하지는 않았는데 주소를 검색해서 알았습니다.」

마음이 놓였다.

"그렇다면 물어보면 어떨까요? 보낸 의도를 자세히."

「실은…… 누가 보냈는지 모른답니다.」

"……네?"

「제가 전화해봤습니다. 점장이 받아서 앞뒤 사정을 설명했습니다. 분명 서점 사무실 컴퓨터에서 제게 메일을 보낸 흔적은 남아 있었습니다. 그런데 본문과 제목은 비어 있었답니다. 요컨대 빈 메일이었죠. 그리고 이 메일을 보낸 사람도 없답니다.」

"아니……."

「메일을 보낸 시점은 지금으로부터 2주 전 오후 7시 8분입니다. 그때 서점 사무실에는 점장과 남성 직원이 있었는데 점장도 남성 직원도 메일은 보내지 않았다고 합니다. 이 밖에도 사무실에서 작업하던 직원 한 명과 매장에 두 명이 있었대요. 점장과 남성 직원은 가끔 사무실을 비워서 다른 직원이 몰래 숨어드는 게 완전히 불가능하지는 않았다고 하네요.」

그러나 도대체 왜 그런 짓을 한다는 말인가.

「점장이 처음부터 거짓말했을 가능성이 전혀 없지도 않죠.」

맞는 말이다. 그러나 도대체 왜?

그리고 그런 식으로 말하자면 이 모든 게 히시카와 씨의 거짓말일 가능성도 부정할 수 없다. 그러나 그는 그런 짓을 할 사람이 아니다. 아닐 것이다.

일단 그 메일을, 두 눈으로 직접 확인하고 싶었다. 그러지 않으면 이야기의 토대가 너무 흔들려 생각이 진행되지 않는다.

"히시카와 씨, 스크린 캡처는요? 화면을 캡처해봤어요? 그 사진을 보고 싶은데요."

「아…… 맞네요. 왜 생각 못 했지?」

"스마트폰으로 컴퓨터 화면을 찍기만 해도 될 겁니다."

「네. 나중에 해보겠습니다.」

“그거 좀 보내주세요. 나중에도 괜찮으니까요.”

「알겠습니다.」

“그리고 히시카와 씨.” 망설여졌으나 말했다. “목소리가 너무 피곤하게 들려요. 잘 자고 있어요?”

「어제는 2시에 잠자리에 들었는데…… 그렇게 티가 나나요?」

왠지 전화를 끊고 싶어졌다. 그 반응에 스스로 더 놀랐다.

“히시카와 씨, 오늘은 일을 그만하는 게 좋겠어요. 나도 행사 뒤풀이를 할 거고 앞으로 주말이니까 느긋하게 좀 쉽시다.”

「아, 실례했습니다. 비상식적인 시간에 전화를 드렸네요.」

“그건 아닙니다. 히시카와 씨도 밤이니까 빨리 집에 가서 술이라도…… 아아, 술은 안 마시죠.”

「고맙습니다. 잊고 알려드리지 못했는데 타이완에는 다음 주에 바로 출발합니다. 그럼, 회식 잘하세요.」 히시카와 씨는 웃으며 말했다.

그리고 전화를 끊었다. 조금 안도하는 자신이 있었다.

그 후, 행사 스태프들과 뒤풀이를 가졌다. 우연히 장소는 타이완 레스토랑이었다. 가게 앞에 놓인 플라스틱 테이블에 둘러앉아 여름밤의 거리를 바라보며 음식을 먹었다. 술도 조금 마셨다. 향신료 향과 발밑에서 피어오르는 모기향 냄새가 섞인다.

구라요시 씨는 상기된 얼굴로 내게 물었다. 허물없는 편안한 태도였다. "아까 서점에 귀신이 나온다는 얘기, 원인은 몰라요?"

"지금, 알아보는 중이에요."

"음, 서점이잖아요? 저주받은 책이라도 있는 거 아닐까요?"

"그 말씀은?"

"사고로 저주받은 차처럼 말이에요. 예를 들면 병으로 죽은 아이가 소중히 여긴 책이 괴기 현상을 일으킨다는."

"그렇다면 그 아이의 집이나 고서점에서 나와야죠." 옆에서 요리모토 씨가 말했다.

북카페를 운영하는 회사의 모체는 시내의 디자인 회사다. 아마도 이 시에서는 최대 규모일 것이다. 그곳 사장이 40대 초반의 남성 요리모토 씨이다. 그가 타이완 맥주병을 쥐고는 그대로 마셨다.

"아, 그랬지! 무대는 신간 서점이었어. 그렇다면 이거겠죠. 끔찍한 사건이 어떤 서점에서 일어나서, 가령 어떤 책에 피해자의 피가 튀었고 그 책에 저주가 깃들었다…… 이건 어때요?" 구라요시 씨가 물었다.

"실제로 아주 비슷한 생각을 하고 있습니다. 불길한 사건이나 사고가 일어난 서점이 있나 찾아보고 있죠."

그 자리에서 생긴 괴이가 각지에 퍼지고 있는 게 아닐까. 그 말까지는 하지 않았다.

"찾을 것 같아요?" 요리모토 씨가 말했다.

"현재 이거다 싶은 건 없습니다."

《링》처럼 재미있네요. 원인 찾기라니."

말하면서 안 사실인데 요리모토 씨는 그 화려한 경력과는 달리 마니아라고 해도 좋을 만큼 호러를 좋아하는 사람이었다. 특히 실화 계열의 괴담을 좋아한다고 밝혔다. 원래 부인이 열렬한 괴담 팬이었는데 교제 후 괴담회 행사에 함께 가면서 자기가 더 빠졌다고 한다.

그는 이후에도 흥미를 드러내며 '서점 괴담(가제)'에 이것저것 질문을 던졌다. 또 그가 아는 오컬트 에피소드도 들려줬다.

예를 들어 그가 자주 일을 발주하는 카메라맨 이야기가 있었다. 나도 이름을 아는 인물이었다. 그 사람은 옛날에 '상당히 비싼 외제 차'를 살 정도의 빚을 내어 사진집을 자비 출판했다. 사진은 주로 그가 태어나고 자란 마을(치안이 나쁘기로 유명한)의 풍경과 사람들을 찍은 것이었다. 그 책에 이런 사진이 실려 있었다. 논밭 너머에 거대하고 새빨간 석양이 집어삼켜진 듯 거의 저물고 있는 사진이었다. 실은 이 사진을 찍고 몇 달 뒤에 오른쪽 끝에 찍힌 집에서 부패한 사체 두 구가 발견되었다고 한다. 노부부가 함께 자살했다는 것이다. 시신의 상태가 심각해서 사망 추정일의 폭이 컸다. 그래서 이 사진이 촬영되었을 때 부부가 아직 살아 있었는지, 아니면 이미 사망했는지는 알 수 없었다. 카메라맨은 고민했으나 끝내 사진을 싣기로 했다.

그런데 사진집을 펼치고 이 사진을 자세히 보니 문제의 집 현관

이 이쪽으로 나 있었다. 낡고 간소한 목제 현관문은 단단히 잠겨 있다. 그런데 이따금 그 문이 열려 있을 때가 있다는 것이다. 확대경을 이용해 문 안의 캄캄한 어둠을 응시하면 이쪽을 보고 우두커니 서 있는 사람 그림자가 어렴풋하게 보인다고.

특히 인상에 남은 점은 요리모토 씨가 리브랜딩에 참여했던 돗토리의 한 절 이야기였다.

"그곳의 주지 스님은 이미 칠순이 다 된 나이였는데 젊을 때는 액막이굿을 잘하기로 유명했답니다. 산인일본 혼슈의 북부 지역에서는 그를 따를 사람이 없다고 평가되었다더라고요."

개인이나 기업으로부터 영 현상으로 고민하고 있다는 상담을 받아 해결에 나섰다고 한다. 사카오리신사의 하루나 씨가 말했던, 액막이굿에 주력한다는 절이 이런 곳이겠구나.

"그 말은 지금은 안 한다는 겁니까?" 내가 물었다.

"액막이굿을 계속하다 보니 해마다 먹을 수 있는 게 줄어들었대요. 돼지고기를 먹으면 다 토하고 보리밥도 마찬가지고요. 결국에는 콘플레이크밖에 받질 않아서. 진짜라니까요? 그래서 법요를 진행하다가 영양실조로 쓰러지기까지 했다네요. 이후 관련 요청은 다 거절했답니다. 20년이나 했으니 이제 좀 봐달라면서요."

"그렇군요."

요리모토 씨가 싱긋 웃으며 말했다. "흥미가 생겨 질문을 던졌더니 심각한 얼굴로 말하더군요. '나처럼 상대편이 다가오는 인생이라면 어쩔 수 없소, 그러나 관여하지 않아도 된다면 이런 것과는 최대한 거리를 둬야 하오'라고요."

"네?"

"저도 더 캐물었죠. 그런 얘기를 자주 듣는데 정말 그런가요? 그랬더니 알려주시더라고요." 요리모토 씨는 맥주를 한 모금 마시고는 계속 말했다. "요컨대 유령, 특히 사람에게 해를 입히는 원혼은 매사에 들러붙는답니다."

"오호, 그렇군!" 구라요시 씨가 요리를 집으며 맞장구쳤다.

"기본적으로 죽은 사람은 산 사람들에게 자신을 잊지 않기를, 늘 기억하기를 바란답니다. 장례식이나 법요, 나아가 사람들이 올리는 모든 공양은 그 욕구를 채워주는 행위랍니다."

"그야 그렇겠죠."

구라요시 씨의 대답에 나도 고개를 끄덕였다.

"이 세상에 원한이나 억울함을 남긴 영일수록 그 마음이 강하다는 겁니다. 자기가 얼마나 끔찍한 일을 당했는지, 얼마나 고통스러웠는지를 알아주길 바라는 마음이 강하다는 거예요. 말하고 싶은 것과 채우고 싶은 게 잔뜩이겠죠. 영 자신이 그걸 의식하는지는 별개로요. 그래서 이 세상을 떠나지 못한다는 겁니다."

"그렇군요……."

"그런 상황에서 자신이라는 존재를 알아차리는 산 사람이 나타

나면, 나아가 자신이라는 존재에 흥미를 지닌 듯한 산 사람이 나타
나면 어떨까요. 당연히 죽자고 들러붙지 않겠어요?"

"……아, 이미 죽었잖아요." 구라요시 씨가 지적하고는 혼자 웃
었다.

요리모토 씨는 무시하고 말을 이었다. 어느새 심각한 표정이다.
"그래서 심령 장소를 순례하거나 괴담을 모으는 일은 위험하다고
했어요."

나는 입을 뗐다. "액막이굿이라는 거, 어떻게 진행됩니까?"

"기본은 기도하고 심신을 가다듬어 원한을 풀어주는 것. 그때 영
의 곁에서 공감하며 이야기를 들어주고 원한을 풀어주는 게 핵심
이라고 했습니다. '그게 더 오래 간다'라고 했어요."

"심리 상담 같네요."

"물론 그건 어디까지나 그 주지의 방법이겠죠."

요리모토 씨는 맥주를 추가 주문한 후 다시 싱긋 웃었다.

"그러니까 오카자키 선생님도 조심하세요. 무슨 일이 있으면 얼
른 액막이굿을 하는 것도 좋고요."

결국 헤어질 때는 다음 날이 되어 있었다. 막판에 술에 취한 요
리모토 씨가 오카야마의 서점 감소율을 수없이 되풀이해 말하기
시작해 자리를 끝내기로 했다. 걸어서 집으로 돌아갈 수 있는 가게
여서 나는 혼자 집 쪽으로 걷기 시작했다.

음악이라도 들으려고 배낭에 던져놓았던 스마트폰을 꺼내서 확인하자 히시카와 씨에게서 메일이 한 통 도착해 있었다. 30분 전쯤이었다.

'보이세요?'

제목은 그게 다였고 본문은 없다.

사진 파일이 딱 한 장 첨부되어 있는데, 왠지 열어보기가 싫었다. 특히 인기척 없는 밤길에서는. 그래도 너무 궁금해서 눈에 들어온 가로등 근처의 자판기로 다가갔다. 눈부신 빛 아래에서 사진을 열었다.

새까맣다. 결국 스크린 캡처에도 실패한 걸까.

그 자리에서 메일을 썼다. 아무것도 보이지 않는다는 사실을 간단히 정리해 보냈다. 결국 진상은 알 수 없었으나 불길한 사진을 보지 않고 끝났다는 사실이 오히려 안도감을 주었다.

스마트폰을 주머니에 넣고 다시 집을 향해 걷기 시작했다. 몇 분쯤 걸었을 때 다시 사진을 열었다. 아까는 밝은 장소에서 봐서 몰랐다. 어두운 데서 보니 알 수 있었다. 그냥 검은 사진이 아니다. 설핏 음영이 있다.

사진 앱으로 그 사진의 명도와 콘트라스트를 조정하자, 화면에 뜬금없이 히시카와 씨의 얼굴이 나타났다. 웃는 얼굴도, 초조한 얼굴도 아니다. 아무런 감정을 품지 않은 듯 보이는, 정면에서 봤을 때 목부터 위쪽 얼굴이 화면 중앙에 떠 있다.

그가 이전에 말한 컴퓨터 화면에 비치는 얼굴 이야기를 떠올리고 만다. 으스스했다. 왜 이런 걸 보냈지? 의도했든 아니든 너무 싫었다.

어떻게 찍었는지 궁금했다. 가령 컴퓨터 화면을 찍었다고 해도 카메라나 스마트폰을 들고 있지 않은 게 이상하다. 그런 건 전혀 찍혀 있지 않았다.

그러나 끝내 히시카와 씨와는 이후 연락이 되지 않았다. 어떻게 전해야 할지도 모르겠고 솔직히 그리 생각하고 싶지도 않았다.

주말을 보내고 맞이한 월요일. 히시카와 씨가 사진이 새까맣다는 메일의 답장을 보내왔다.

'스크린 캡처도 소용없나요……?'라는 내용이었다.

나는 얼굴이 비친 이야기를 전하려고 문장을 작성하기 시작했다. 그러나 결국은 중단했다. 어쩐지 이 문제를 더 얘기하고 싶지 않았기 때문이었다. 메일에는 그가 어제 타이완으로 출발한다고 적혀 있었다.

'해외가 원하는 일본 호러에 대해 연구하고 오겠습니다. 이번 기획, 반드시 성공시키죠!'

고마운 말이었다. 출장은 닷새간의 일정이라고 한다. 또 메일에는 이번 주말에 도착한 괴담이 첨부되어 있었다. 다만 이것도 아이 유령과의 공통점은 찾아볼 수 없었다고 한다.

'좀 특이했습니다. 너무 궁금해요…… 출장을 마치고 돌아가면 곧바로 이야기를 나누고 싶습니다.'

〈자동문〉 메이와서점 미야자키 지점, K 씨

우리 서점 입구는 이중으로 되어 있습니다.

제일 먼저 주차장과 이어진 자동문이 있습니다. 그 문을 통과하면 자판기와 쓰레기통이 놓인 좁은 공간이 있습니다. 그리고 그 공간 안쪽에 또 다른 자동문이 있습니다. 그 안이 서점입니다. 영업이 끝나면 두 자동문의 전원을 끄고 각각 발밑에 달린 자물쇠를 걸고 직원들은 뒷문으로 나갑니다.

어느 날 아침, 서점에 출근했더니 조금 전에 온 정직원 D 씨가 고개를 갸웃거리고 말했습니다.

"안쪽 자동문만 열려 있었어요."

저도 그 문을 봤습니다. 안쪽 자동문만 열린 상태로 멈춰 있었습니다. 전원이 꺼진 채 말입니다. 반면 주차장으로 이어지는 바깥 자동문은 닫혀 있었고 자물쇠도 잠겨 있었습니다. 실은 어젯밤에 이 두 자동문을 잠근 사람이 바로 저였습니다. 틀림없이 둘 다 닫힌 상태에서 자물쇠를 걸었습니다. 전원도 껐고요.

D 씨가 본 바로는 계산대 등을 뒤진 흔적은 없었다고 합니다. 서점에는 이상이 없었죠. 뒷문도 D 씨가 왔을 때 제대로 잠겨 있었다고 합니다. 그렇다면, 만약 침입자가 있었다면 다음과 같이 움직였

단 말일까요?

침입자는 바깥 자동문을 강제로 딴 후 잠금을 해제하고 자판기 공간에 들어온다. 또 안쪽 자동문을 강제로 연다. 안쪽 문을 강제로 개방한다. 그러고는 갑자기 만족하고 다시 바깥 자동문을 잠그고 서점을 떠난다. 아니면 뒷문으로 침입해 안쪽 문을 강제로 연다.

그리고 서점 안의 물건에 전혀 손대지 않고 다시 뒷문을 잠그고 사라졌을까요. 너무나 의도를 알 수 없는 행동이잖아요.

이 시점에서 저는 D 씨의 장난일 가능성을 살짝 의심했습니다.

D 씨는 30대 후반의 남성입니다. 그는 좋게 말하면 분위기 메이커이고, 나쁘게 말하면 잘 까불고 이따금 나이에 맞지 않은 엉뚱한 언동으로 주목을 받으려 합니다. 그렇다고 해도 이번 일은 지나쳤습니다. D 씨는 스마트폰 바탕화면을 아내 사진으로 해놓을 만큼 애처가입니다. 당시 아내가 임신해 무척 기뻐했어요. 범죄로도 보일 이런 장난을 그가 왜 하겠어요. 어쨌든 점장의 판단에 맡기기로 했습니다. 점장이 올 때까지는 조금 시간이 있었습니다. 그동안 D 씨는 사무실에서 CCTV 영상을 재생했습니다. 저도 궁금해서 함께 봤습니다. 우리 CCTV는 24시간 녹화 방식입니다. 영업 종료 시간인 어젯밤 9시 이후, 입구 근처 카메라가 찍은 영상을 빨리 감기 재생으로 봤습니다.

화면 속, 안쪽 자동문은 닫혀 있었습니다. 어떤 움직임도 없는 영상이 이어졌습니다. 변화가 없는 걸 계속 보는 행위는 고통이었죠.

점점 견디기 힘들어져 저는 아침 작업에 나설 생각이었습니다. 오늘 발매한 잡지가 몇 가지 도착해 있어서 그걸 푸는 작업을 해야 했거든요.

"어, 저거!"

D 씨의 목소리. 화면으로 시선을 돌렸을 때는 문이 열려 있었습니다. 그가 마우스를 조작해 일시 정지를 시켰습니다. 화면 구석에 표시된 시각은 'AM 3:29:01'이었습니다. 영상을 되감았습니다. 화면 속에서 다시 자동문이 닫혔습니다. 이번에는 빨리 재생하지 않고 일반 속도로 재생했습니다. 'AM 3:23:00'에서 시작했습니다.

닫힌 자동문이 내내 재생되었습니다. 화면을 보는 게 다시 고통스럽기 시작할 무렵 자동문이 열렸습니다. 이번에는 저도 소리를 지르고 말았습니다. 화면에서 눈을 떼지 않고 있었는데 문이 열리는 순간을 또 놓쳤기 때문입니다. D 씨도 마찬가지였습니다.

D 씨는 다시 되감고 열리는 순간을 잡아내려 했습니다.

화면 표시로 따지면 'AM 3:26:07'에서 'AM 3:26:08'의 1초 사이에 문이 열린 사실을 알아냈습니다. 그러나 문이 열리는 순간의 움직임은 카메라에 잡혀 있지 않았습니다.

D 씨 말로는 서점 카메라는 당시로서는 상당히 고성능 기종이었다고 합니다. 30분의 1초마다 촬영한 사진을 매끄럽게 연결해 재생하는 것이었습니다.

"자동문 고장은 아닌 듯하네요." 내가 말했습니다.

"틀림없이 전원은 꺼져 있었어요." D 씨가 말했습니다.

그 후 D 씨는 동영상을 되풀이해서 봤습니다. 저도 궁금은 했으나 짐 푸는 작업을 시작했습니다. 조금 있다가 점장이 왔습니다. 저는 매장에 책을 내놓고 있어서 점장과 D 씨 사이에서 어떤 구체적인 대화가 오고 갔는지는 모르겠습니다. 그러나 결국 경찰은 부르지 않았습니다.

오픈 시간이 되어 오전 업무에 몰두했습니다. 그리고 점심시간에 사무실로 돌아왔습니다. 그런데 D 씨가 혼자 동영상을 보고 있었습니다. 그 집착에 너무 놀랐는데 그냥 놔두고 도시락을 먹었습니다. 휴식 시간이 끝날 무렵 매장으로 돌아가려고 하는데 D 씨가 "앗!" 하고 모니터를 본 채 말했습니다. 그때 사무실에는 그와 저밖에 없었습니다.

D 씨는 조금 전까지 보고 있던 모니터 화면을 끈 후 말했습니다. "아무것도 아니었어."

"D 씨?" 제가 불렀습니다.

"아무것도 아니었어." 그가 말했습니다.

이야기는 그걸로 끝이었는데, 그 후로도 몇 번인가 D 씨가 일이 끝난 뒤에 모니터를 가만히 보고 있는 모습을 본 적이 있습니다.

<차> 메이와서점 미야자키 지점, K 씨

보낼지 말지 망설이다가…… 보냅니다.

조금 전 이야기의 다음이 있습니다.

아까 말한 D 씨가, 조금 이상해졌습니다. 그리고…… 반년 후쯤에 이상하게 사라졌습니다.

어느 날 아침 일찍, 점장이 서점에 왔더니 안개가 낀 주차장에 차한 대가 있었다고 합니다. 시동이 걸린 채.

바로 D 씨의 차임을 알았다고 합니다. 다만 창문이 이상했답니다. 피부색으로 칠해져 있었다나요. 안쪽에 비닐 테이프를 꼼꼼히붙여 사람들의 시선을 차단했고요. 그리고 엔진 머플러에서 이어진호스가 창문 안으로 뻗어 있었답니다. 틈은 안쪽에서 역시 비닐 테이프로 여러 겹 감아놓았고요.

점장은 손잡이에 손을 댔습니다. 그런데 열리지 않았답니다. 안에서 잠갔다고 판단하고 경찰을 불렀죠. 일각을 다툰다고 생각해경찰이 오는 동안에 주차장 구석에서 콘크리트 블록을 찾아와 창을깼습니다. 비닐 테이프의 막을 찢은 순간, 안에서 탁한 회색 배기가스가 폭발적으로 흘러나왔답니다. 그러나 안에 D 씨는 없었습니다.

경찰은 자살을 시도했다가 포기하고 도망쳤다는 결론을 내렸습니다. 실은 발견 당시 문이 잠겨 있지 않았음을 조사로 알아냈답니다. 안쪽에 빼곡하게 비닐 테이프가 붙어 있어서 그 접착력 때문에문이 열리지 않았던 것이었습니다.

그렇다면 D 씨는 어떻게 도망쳤을까요. 그는 지금도 발견되지 않았습니다.

나중에…… 이건 나중에 안 사실인데 D 씨는, 어느 시기부터 가족도 포기했다고 합니다. 임신 중인 아내를 때리고…… 그것도 너무 심해서 어느 날 밤, 참다못한 이웃이 경찰에 신고했다고……. D 씨의 자살, 아니 실종은 그날 밤이었다고 합니다. 경찰이 그의 집으로 출동했더니 그는 이미 차와 함께 사라지고 없었답니다. 부인은 유산했고요. 그렇게나 애처가였는데.

사카오리신사, 하루나 님에게.

안녕하세요. 오카자키 하야토입니다.

9월도 다 끝나가는데 여전히 무더위가 이어지고 있네요. 건강은 어떠신지요? 다름 아니라 얼마 전에 어떤 주지 스님 이야기를 들었습니다. 예전에 액막이굿을 열심히 했던 분이랍니다.

그 주지 스님은 죽은 자는 산 자가 자신을 잊지 않기를 바란다고 말씀하셨답니다. 특히 이 세상에 부정적인 마음을 남기고 죽은 자일수록 그 경향이 강하다고요. 자신에게 무슨 일이 일어났는지, 알리고 싶고 이해받고 싶다는, 이른바 전하고 싶은 욕망이 강하다고요. 그런 이야기를 들었습니다. 그리고 액막이굿을 위해서는 그 마음을 들어주는 게 중요하다고요.

어떤 의미에서 그것은 큰 범죄나 재해를 당하며 힘들게 살아온 사람들의 감정에 가깝다고 생각했습니다. 그들은 종종 자신을, 자신들을 찾아온 비극을 사회가 올바르게 이해하기를 바랍니다. 풍화되지 않기를 바랍니다.

영혼은 지극히 강렬한 PTSD를 안고 있는 존재이다, 그렇게 표현한 호러 작가도 있습니다. 자신을 마지막으로 덮친 비극에 계속 사로잡혀 있다고. 얻어들은 말에 지나지 않으나 그 표현 역시 지극히 이해됩니다.

영혼은 종종 같은 행동을 되풀이한다고 합니다. 예를 들어 투신자살한 빌딩에서 계속 똑같이 추락하는 사람 그림자가 목격되거나, 화재가 있었던 빌딩 창문 안쪽에서 창문을 두드리는 그림자가 목격되었다는 이야기가 있습니다. 이 역시 트라우마의 일환으로 설명할 수 있겠습니다. 격렬한 트라우마를 안은 사람은 때로 '재연'이라는 고통스럽고 기묘한 행동을 취합니다. 트라우마 경험의 재현이라고밖에 설명할 수 없는 행동을 스스로 계속 되풀이하는 거죠. 그렇게 되풀이함으로써 일종의 익숙함을 얻으려는 걸까요. 제대로 언어화하지 못하기 때문에 체현을 통해 다른 사람에게 무언가를 전하려는 건지…….

정신이 아득해질 정도로 잔혹한 이야기인 것 같습니다.

오카자키 하야토 선생님에게.

안녕하세요. 하루나입니다.

저희는 지금, 다음 주에 시작되는 가을 대제 준비에 쫓기고 있습니다. 조금 전까지 오미코시お御輿, 축제 등에 사용하는 신을 모시고 옮기는 가마를 청소했습니다. 오미코시를 짊어지고 지역을 돌아다니는 행위에는 신의 능력을 지역 구석구석까지 퍼뜨리려는 목적이 있습니다. 그러므로 오미코시를 지는 날은 보통 본전 요리시로에 깃든 신에게 기도해 오미코시로 옮겨 가게 할 필요가 있습니다. 이날만은 오미코시가 요리시로가 되는 거죠. 그래서 신이 편안히 지내실 수 있도록 청소하는 거랍니다.

참, 원혼과 트라우마 이야기, 정말 많은 생각이 들었습니다. 오카자키 선생님은 사카오리신사 구석에 노能, 일본 전통 예술 중 하나인 가면극 무대가 있다는 걸 아세요? 평소에는 별로 사용하지 않는데 가을 대제에 신에게 노를 봉납할 때 활약한답니다.

여기서부터는 저도 들은 이야기입니다. 노 중에 '몽환노'란 장르가 있습니다. 이 극의 특징은 시테라고 불리는 주인공이 신이나 정령이라는 '초현실적인 존재'라는 겁니다. 그리고 때로는 죽은 자의 영혼일 때도 있답니다. 그럴 경우, 주인공인 영혼은 그 땅을 우연히 방문한 와키라 불리는 여행객이나 승려의 꿈에 나타납니다. 그리고 자기 인생과 죽은 사정을 말하죠. 그것은 극적이기도 하고 때로는 트라우마를 일으키기도 합니다. 그 이야기를 와키가 청중에게 들려주는 모습을 보고 주인공은 만족해하며 자취를 감추고 무대도 막을 내립니다.

이는 어떤 의미에서는 상담입니다. 또 다른 의미로는 공양과 진혼 의식으로 설명되기도 하죠. 저도 맞다고 생각합니다. 원통함이 남아서 이 세상에 사로잡힌 주인공의 이야기를 와키와 관객이 공감하면서 경청해준다, 풍화되지 않고 연극이라는 형태로 끊임없이 이야기된다, 그런 식으로 고통받은 주인공의 혼을 진정시키는 겁니다. 매우 독특하면서도 격렬하고 따스한 문화라고 생각합니다.

이야기를 바꿀게요. 지난번 북토크 행사를 온라인 라이브로 봤습니다. 일부러 우연성을 넣어 이야기를 만들어가는 방법 등이 아주 흥미로웠습니다. 또 마지막쯤에 서점과 책과 관련된 이야기도 즐겁게 들었습니다(구라요시 씨는 정말 기분이 좋아 보이시던데요, 실은 과거에 신사를 취재하러 오신 적이 있어서 구면입니다).

책 자체가 성스러운 존재로 취급되던 역사도 있습니다. 이 역시 헤아리자면 한도 끝도 없는데 예를 들자면 세계에서 가장 아름다운 책으로 불리는 《켈스의 서》가 있습니다. 8세기에 아일랜드 수도사가 만든 복음서인데 책 자체가 성물로서 강력한 신앙의 대상이 되어 병을 낫게 하고 재앙을 물리친다고 여겨졌습니다. 이 같은 특별한 예를 들지 않더라도 책에 대한 신앙은 사람들의 일상 곳곳에서 숨 쉬고 있습니다. 교의 중심에 성전을 두는 종교일수록 그런 경향이 강합니다. 예를 들어 이슬람교의 경전인 코란이 그러합니다. 신자는 자신이 소유한 코란 자체를 신성하게 취급합니다. 땅이나 불결한 장소에 닿게 해서는 안 되죠. 이 책을 만지기 전에는 반드시 몸을 청결하게 해야 합니다. 유대교의 토라도 마찬가지입니다. 토라를 손상하는 일은 신에 대한 모독이기도 합니다. 또 그리스도교에서도 교회에서 맹세할 때 반드시 성서에 손을 얹습니다.

또 일본에는 예로부터 내려오는 '언령(言靈) 신앙'이 있습니다. 말에 혼과 영적인 힘이 깃든다, 말은 현실을 바꾸는 힘을 지닌다고 여겨져왔습니다. 신에게 바치는 축사에 효력이 있다고 생각하는 것도 그 바탕에는 언령 신앙이 있기 때문입니다. 책은 바로 그 언령의 집합체이죠.

나는 유튜브 애니메이션의 소설화 준비를 서서히 시작했다. 구체적으로는 자료 읽기이다. 또 이제까지 올라온 회를 다시 보는 일도 필요했다. 병행해 서점에서 일어난 참사를 조사했다.

전국 신문 데이터베이스 검색 서비스에 여럿 가입해 살펴봤다. 개인적으로 조회할 수 없는 서비스는 현립 도서관까지 가서 조사했다. 걸어서 갈 수 있는 범위에 살아서 힘들지는 않았다. '서점'이라는 단어에 '살인', '사건', '사망', '사고', '재해'라는 키워드를 조합해 찾아본다. 나아가 거기에 '아이', '남아', '소년'까지 섞는다. 이와 함께 도서관의 참고문헌 서비스도 활용했다. 그리하여 다음과 같은 사건, 사고를 발견했다.

2016년. 나고야 서점에서 물건을 훔치던 고령의 남성이 직원에게 제압되는 과정에서 사망.

2020년. 홋카이도의 고서점에서 칼을 든 남자가 직원을 찌르고 계산대의 돈과 직원 지갑을 훔쳐 도주.

2009년. 기후 서점에서 천장 조명기구가 떨어져 바로 밑에 있던 고령의 여성 사망.

2017년. 가나가와의 서점 앞 간선도로에서 무면허 차에 젊은 여성이 치여 사망. 여성은 서점 직원이었다.

이처럼 수는 많지 않으나 서점을 무대로 한 사건과 사고는 발생하고 있었다.

'서점이라는 장소에 상당히 강한 원한이 있는 게 아닐까?'

다만 명백하게 아이 유령과 관련성이 있는 사건은 없다. 그러나 일단 모든 걸 보관해두기로 한다.

이런 사건도 발견했다.

2011년. 홋카이도 삿포로에서 아들과 함께 쇼핑몰을 찾은 40대 여성이 실종되었다. 그녀는 3층 서점을 방문한 다음 안에 있던 화장실에 갔다. 함께 간 아들은 화장실 밖에서 기다렸다. 그런데 여성은 이후 화장실을 나오지 않았다. CCTV에도 화장실에 들어가는 여성과 밖에서 기다리는 아들의 모습은 찍혀 있었다. 그러나 어머니의 나오는 모습은 없었다. 경찰 조사로 여자 화장실 천장에 설치된 점검구 문에서 여성의 지문이 발견되었다. 천장 안에는 여러 사람이 기어간 흔적도 발견되었다. 이후 천장 안과 쇼핑몰 내부를 수색했으나 그녀를 찾지는 못했다. 또 이런 사건도 있었다.

2018년. 미야자키현에서 남성 서점 직원이 실종되었다. 그는 임신 중인 아내를 때린 혐의로 신고당했다. 직장 주차장에 차를 남기고 배기가스 자살을 시도한 흔적은 있으나 본인은 도주했다.

〈자동문〉과 〈차〉의 D 씨이다.

불가사의한 일이었던 '30분의 1초 사이에 열린 자동문'의 수수께끼뿐만 아니라 이후 그의 행동은 너무나 이해할 수 없었다. 임신한 아내에 대한 폭력과 밀실에서의 실종이 이 자동문의 괴이와 관련이 있을까? 인과관계가 전혀 상상이 되지 않았다.

조사 중 기사 하나가 눈에 들어왔다. 신문이 아니라 주간지에 실린 것이었다.

2005년, 서점 체인 분유도서점의 기후 지점에서 일어난 일이다. 당시 정직원으로 일하던 이 서점의 여성 스태프가 자살했다. 영업 중인 서점에서. 그것도 사무실이나 창고가 아니라 매장에서. 밧줄 같은 물건을 벽 높은 데 걸어 목을 맸다고 한다. 매장에 자주 놓아두는 발판을 이용해. 그녀는 사망 당시 임신 중이었다고 한다.

그 사건을 자세히 조사해봤다. 상황 자체는 기묘했으나 일반인의 자살이라 그다지 기사로 다뤄지지 않았다. 그래도 다음과 같은 사실을 알게 되었다.

그 서점은 역 근처 빌딩에 있어서 의외로 손님이 많았다고 한다. 사건은 평일 저녁에 일어났는데 나름 직장이나 학교에서 귀가하는 손님들로 북적이는 시간대였다. 그런데도 그녀가 목을 매고 사체로 발견될 때까지 꼬박 한 시간이나 걸렸다.

목을 맨 사체의 존재감은 강렬하다. 우선 근육이 이완하며 배뇨, 배설이 일어난다. 즉 냄새가 난다. 그리고 뼈가 탈골되어서 목이 길게 늘어지고 혀도 나온다. 딱 보면 기이하다는 걸 알 수 있다. 아무리 눈에 안 띄는 장소라 하더라도 매장에서 한 시간이나 이런 모습을 하고 있었는데 발견하지 못했다니 이해하기 힘든 상황이다. 또 그녀가 임신한 아이의 아버지도 알아내지 못했다. 그녀는 미혼이었다. 조사해보니 그 서점은 이미 폐업한 상태였다.

마음을 휘젓는 게 있다. 다른 사건과 사고에 맞춰 이 사건의 개요를 적어 히시카와 씨에게 메일을 보냈다. 그때 거의 무의식적으로 다음과 같이 써버리고 스스로 놀랐다.

'어머니와 함께 죽은 태아가 서점에서 자랐다, 말이 안 되는 걸까요?'

너무 엉뚱해서 그 문장은 삭제했다.

다음 날, 10월 2일. 타이완에 있는 히시카와 씨의 메일이 도착했다. 아주 바쁜지 짧은 문장이었다. 그도 영업 중인 서점에서 목을 매 죽은 여성 사건이 궁금했던지 나름대로 자세히 조사해봤다고 한다. 또 가나가와의 간선도로에서 여성 직원이 차에 치였다는 교통사고도 찾아봤다.

그는 이렇게 썼다.

'이 도로에 인접한 서점, 제게 기묘한 메일을 보낸 곳입니다. 구마데서점 가나가와 지점입니다. 전송하면 내용이 사라지는 그 메일을 보낸 서점이에요. 조금 더 조사해봤습니다. 돌아가신 분은 당시 열여덟 살이었던 아르바이트 직원 다치바나 미키 씨입니다. 사고는 새벽에 일어났다고 합니다. 그런 시간이라면 서점은 당연히 문이 닫혀 있었어야 합니다. 도대체 무슨 일이 있었을까요?'

정말, 무슨 일이 있었을까?

서점 주위에서, 극단적이고 기묘한 죽음과 실종 방식을 택한 사람들이 있다. 이쪽으로 안테나를 펼치고 나서부터 그런 정보에 더 많이 접촉하게 된 것일 뿐인가?

메일 끝에 지난 이틀 동안 도착한 괴담이 첨부되어 있었다.

'어떻게 생각하시는지 최대한 빨리 듣고 싶습니다.'

〈음식물〉 나가노현, W 씨

벌써 10년도 더 된 이야기입니다.

당시, 저는 나가노의 서점에서 근무했습니다. 큰 도로변에 있는 서점이었습니다. 그 서점 안에서 이따금 부패한 음식물이 발견되고는 했습니다. 구석에 놓아둔 소화기 뒤나 입구 매트 아래, 책장 뒤에서……. 갈색으로 변한 바나나 반쪽이나 눅눅하게 곰팡이가 핀 빵을 대충 뭉쳐놓은 것, 그리고 검게 변색한 돼지고기 한 점 같은 게 종종 나온 겁니다.

어디선가 악취가 나서 직원이나 손님이 알아차리고 그 냄새가 나는 데를 찾다 보면 늘 부패한 음식물이 발견되는 식입니다. 모두 다 청결한 곳이라고는 말할 수 없죠. 어두컴컴한 곳에서 악취를 뿜어내며 먼지를 뒤집어쓰고 있는 음식물을 발견하는 건 너무나 기분 나쁜 일입니다.

숨겨진 장소는 손님들이 드나드는 곳들이었습니다. 또 여자 화장실의 액체비누 통 속에서 끈적거리는 쌀알을 발견한 적도 있어서 범인은 여성이라고 판단했습니다.

얼마 후 범인을 잡았습니다. 일곱 살 여자아이였습니다.

여기서부터는 부점장에게 들은 이야기입니다. 저는 그때 비번이어서요.

여자아이는 어머니와 함께 서점에 왔습니다. 어머니 몰래 책장 아래 서랍 속에 주머니에서 꺼낸 뭔가를 던져 넣었다고 합니다. 어쩌다 근처에 있던 다른 손님이 그걸 보고 나무라는 바람에 들킨 거죠……. 밥을 뭉갠 거였습니다. 주의를 주자 아이는 울음을 터뜨렸고 사정을 모르는 어머니가 그 손님에게 따지는 바람에 소란이 일어서……. 부점장과 직원들이 중재해 이야기를 들었답니다.

여자아이는 처음에는 울기만 했으나 결국에는 자신이 음식물을 숨겼음을 인정했습니다. 어머니는 너무 놀라 화를 냈던 모습은 온

데 간 데 사라지고 열심히 사과했습니다. 딸을 무섭게 혼내서 부점장이 간신히 말렸습니다.

아이 장난이라 일을 크게 할 생각은 없다, 앞으로 같은 짓을 하지만 않으면 된다, 그런 말을 온화하게 전했답니다. 그러자 어머니는 어느 정도 진정했고요. 그런 분위기를 느낀 딸도 마침내 울음을 그쳤습니다.

부점장은 최대한 부드러운 목소리로 여자아이에게 "급식을 다 먹지 못했니?"라고 물었습니다. 음식물들은 학교 급식에 나올 만한 것들이었기 때문입니다. 또 부점장에게도 급식을 다 먹지 못해 몰래 남긴 기억이 있어서 그렇게 말했답니다.

"주면 기뻐해서요."

여자아이는 붉게 충혈된 눈을 흐뭇하게 뜨고 미소를 지었습니다.

부점장은 놀라며 "……무엇에게 줘?"라고 물었다고 합니다. 고양이나 쥐라도 나오나, 아니야, 그럴 리 없다고 생각하면서.

그러자 여자아이는 히이 군, 이라고 말했습니다.

"……그게 누군데?"

다시 아이의 눈이 눈물로 가득 찼습니다. 무섭다고 중얼거린 후,

"안 주면 무서운 일이 일어나요."

무서워, 무서워, 무서워!

이후로는 마치 불에 덴 듯 격렬한 울음을 터뜨려 전혀 손쓸 수 없었다고 합니다. 어머니도 갈팡질팡할 뿐 어떻게 해야 좋을지 알지

못했습니다. 그래서 그날은 어머니와 딸을 그냥 보냈다고 합니다.

며칠 뒤, 어머니 혼자 과자와 청소비를 담은 봉투를 들고 사과하러 왔습니다. 그때는 저도 서점에 있어서 기억합니다. 원래 그랬는지는 모르겠는데 정말 뺨이 푹 패어 있었어요. 어머니가 돌아간 후 부점장이 알려줬습니다.

"어머니 말로는, 딸아이가 이 서점에 오자고 엄청나게 졸랐대." 부점장은 살짝 께름칙한 표정을 지으며 이야기를 계속했습니다. "곰곰이 생각했더니 그 애가 서랍에 던져넣은 밥 뭉치, 이미 굳어 있었어. 일부러 부패시켜서 가져온 거였어."

결국은 아무것도 알아낸 건 없습니다. 제가 일하는 동안에 다시 그 모녀가 오는 일은 없었습니다.

〈책장 정리〉 오린도서점 미야기 지점, S 씨

우리 서점에서는, 아니, 어느 서점에서나 1년에 한 번, 책장 정리를 합니다. 서점의 보유 자산인 책의 수를 파악할 필요가 있으니까요. 세무 처리에도 필요한 작업이라 실수해서는 안 됩니다. 전문 책장 정리 대행 업자가 있어서 그곳에 부탁해 점검합니다. 업자는 책장의 책을 모두 스캐너로 읽고 수를 셉니다. 손님이 있는 동안에는 하지 않으므로 문을 닫은 후 심야, 점장의 입회 아래 밤샘 작업을 합니다. 정말 힘든 작업입니다.

지금으로부터 4년 전.

그해의 책장 정리가 일단 무사히 끝나고 업자들도 돌아간 다음이었습니다. 점장 혼자 사무실에 남아 뒷정리 중이었답니다. 시각은 벌써 4시를 넘기고 있었습니다. 그런데 갑자기 소리도 없이 사무실 구석에 놓아둔 모니터가 대기 모드에서 켜졌답니다. 화면은 아홉 개로 나누어져 있었고요. 매장 안 아홉 군데에 설치된 CCTV 영상이 저마다 나오고 있었죠. 매장 조명을 다 끈 뒤라 화면은 적외선 모드로 바뀌어 있어서 흑백이었습니다. 그 아홉 등분된 화면 중에서 한 영상의 구석에 빨간 불이 깜빡였습니다. 녹화 중이라는 표시입니다. 야간에는 움직임이 감지될 때만 자동으로 녹화를 시작하도록 설정해놓았습니다.

점장은 이상하게 여겼습니다. 업자는 이미 돌아간 뒤였으니까요. 쥐라도 나왔나. 그러나 작은 동물에는 반응하지 않는다는 경비회사의 말이 기억났습니다.

그곳은 서점 구석의 라이트노벨을 모아놓은 코너였습니다. 대충 둘러본 바로는 화면 안에서 움직임은 없었습니다. 점장은 카메라 작동 오류를 의심하면서도 모니터에 얼굴을 대고 뚫어지게 봤습니다.

틱, 다른 구역이 녹화 중으로 바뀌었습니다. 문고판 코너를 잡는 카메라 영상이었습니다. 아무것도 찍히지는 않았고요. 두 대의 카메라가 동시에 작동 오류를 일으키다니 있을 수 없는 일이죠.

그렇게 생각한 직후, 찰칵, 참고서 코너 카메라가 녹화를 시작했습니다. 그 순간 점장의 몸이 흠칫 떨렸습니다. 뭔가가 있다는 느낌이 강렬하게 찾아왔기 때문입니다. 뭔가가 어둠 속을 돌아다니고 있다. 매장 조명을 켜려고 근처 스위치 패널로 달려갔습니다. 걱정스러워 여전히 모니터를 보고 있었는데 때마침 그때 아동서 코너의 카메라가 녹화 중으로 바뀌었습니다. 그제야 깨달았습니다.

점점, 사무실 입구로 다가오고 있구나.

때려 부수기라도 할 듯 매장의 모든 조명을 켰습니다. 켜질 때까지 아주 잠깐 시간이 걸립니다. 모니터를 보고 있자니 화집과 사진집 코너 카메라가 녹화 중으로 바뀌었습니다. 그 바로 앞이 사무실입니다. 화면에도 '직원 전용'이라고 적힌 입구 문이 찍히고 있었습니다. 저도 모르게 제가 서 있는 장소에서 사무실 문으로 시선을 옮겼습니다. 문은 잠겨 있지 않았습니다.

직후에 모니터 영상이 전부 컬러로 바뀌었습니다. 조명이 켜지며 적외선 모드에서 광학 모드로 변한 겁니다.

똑똑, 작은 노크 소리가 났다고 합니다. 입구 문에서.

점장은 깜짝 놀라 그쪽을 봤습니다. 누구야! 그렇게 고함을 치려 했는데 목소리는 입속에서 완전히 시들어버렸답니다.

다시 똑똑, 문이 울렸습니다. 노크 소리는 문의 상당히 아래쪽에서 들렸다고 합니다. 정말 바닥에 닿을 정도라고 해도 좋을 위치였다고요. 기어다니는 거야? 점장은 이유는 모르겠지만 그렇게 생각했답니다.

문은 좀처럼 열리지 않았습니다. 점장은 책상에 놓여 있던 가위를 움켜쥐면서 생각했답니다. 나타날 테면 얼른 들어와. 오히려 왜 들어오지 않는지 짜증스러웠다고 하네요.

아니, 내가 가야 하나? 원래 내 역할이라면 그래야 하겠지. 그런 생각도 했다는데 발이 움직이지 않았답니다.

이후로 더는 노크 소리가 들리지 않았습니다. 창밖도 밝아져 빛이 살짝 들어오고 있었습니다. 그래서 간신히 문을 열었다고 합니다. 하지만 아무도 없었습니다. 가위를 움켜쥔 손가락이 새하얗게 질려 있었고요.

추신.

이건 관계가 있는지, 있다고 해도 어떻게 연관되어 있는지는 모릅니다. 그 사건 이후 사무실에는 살충제를 두세 개 비치해놓게 되었습니다. 벌레가 늘어나서요. 또 점장은 2년쯤 전에 해고되었습니다. 자세한 사정은 모르겠는데 아이에게 무슨 짓을 했답니다.

〈발자국〉 야마토북스토어 고치 지점, N 씨

아침, 서점 문을 열면 팝업으로 설치된 미피 인형이나 잡화 근처 바닥에 아이 발자국이 한쪽 발만 하나 남아 있다. 신발을 신지 않은, 맨발이고 진흙투성이의 발자국이었다. 분명 전날은 맑았는데. 발자국은 그 하나뿐이었다. 점장에게 보고했더니 점장의 얼굴이 어두워졌다.

그로부터 한참 지나 화장실에서 우연히 만났을 때 자기도 본 적이 있다고 말했다.

아주 옛날에 있었던 일이라고 했습니다. 자세한 얘기는 듣지 못했고요. 이 일 자체가 7년도 더 된 이야기입니다.

추가 모집의 효과가 나온 걸까.

아이 유령과 겹치는 부분과 비슷한 인상의 이야기가 있었다.

일단 〈발자국〉이다. 여기서는 직접적으로 아이의 존재를 언급하고 있다. 다만 이 발자국을 남긴 아이가 곧 우리가 쫓는 아이인지는 알 수 없다. 투고자가 발자국을 본 것은 7년 이상 전이라고 한다. 그렇다면 점장이 옛날에 봤다는 건 언제일까. 언제부터 그런 아이 유령이 나타났을까. 가능하다면 자세한 이야기를 듣고 싶다.

다음으로 〈음식물〉은 너무 소름 끼쳤다. 아이에게 부패한 음식을 가져오게 시키는 존재. 가져오지 않으면 '무서운 일이 생긴다'라니. 수수께끼가 많다. 여자아이는 그 존재의 모습을 봤을까? 목소리만 들었을까?

어쨌든 히이 군, 이라는 명칭에서 어리다는 느낌을 받았다. 음식물을 숨기는 장소가 책장 뒤라거나 서랍 속, 서점 구석의 어두운 장소라는 것도 어쩐지 이제까지 들은 아이가 나타나는 장소와 비슷한 듯하다. 혹시 히이 군이 그 아이 유령과 같은 존재라면 이름을 알게 된 점은 큰 전진일 것이다. 그 이름을 활용한 조사 방법도 있을까?

그리고 마지막 〈책장 정리〉. 이것도 서점에 깃든 존재의 이야기다. 다만 그것이 아이 유령이라는 직접적인 묘사는 없다. 마음에 걸린 점은 문을 노크하는 위치가 극단적으로 낮았다는 점이다. 이 일을 겪은 이는 왜 상대가 기는 자세로 있다고 해석했을까. 묘한 촉감과 실감이 느껴진다. 이런 기분 나쁜 직감은 맞을 때가 많다는 사실을 경험적으로 안다.

아이 유령인지는 모른다. 그러나 직접 겪은 이는 나중에 '아이에게 무슨 짓을 했다'라고 한다. 영 찜찜하다. 구체적으로 그게 뭔지, 형사 사건이 되었다면 검색으로 찾을 수 있을지 모른다.

히시카와 씨에게 생각을 정리해 메일로 보낸다. 그는 각 이야기를 어떻게 느꼈을까. 어떤 생각을 하는지 빨리 의견을 나누고 싶었다.

다음 날 밤, 호간초라는 상점가 안쪽에 있는 카페 바로 갔다.

한 달에 한 번 내가 강사를 맡는 워크숍이 열리기 때문이다.

동년배인 점장의 제안으로 시작해 벌써 1년 가까이 이어지고 있다. 문장이나 창작에 관심이 있는 참가자들에게 매번 일정한 작업을 숙제로 낸다.

이번에는 좋아하는 작품을 다양한 관점에서 분석하라는 숙제였다. 참가자는 열한 명인데 반 이상은 카페 단골, 나머지는 새로 왔다고 한다. 기본적으로는 시내에 사는 사람들인데 딱 한 사람, 히로시마에서 온 분이 있었다.

두 시간에 걸친 워크숍을 끝낸 다음, 평소와 마찬가지로 일이 있는 사람은 먼저 가고 시간 여유가 있는 사람은 가게에 남아 먹고 마시면서 잡담을 나눴다. 나도 남았다.

그 자리에서 한 여성이 말을 걸어왔다. 히로시마에서 왔다는 사람이었다. 20대 후반 정도일까, 바바라고 이름을 밝힌 그녀는 진토닉을 마시면서 말했다.

"사실 저, 서점 괴담 모집에 투고했어요."

놀라웠다. 자세한 사정을 물었더니 자신을 이렇게 소개했다.

"실은 서점 직원이에요. 말할 기회가 없어서 밝히지 못했지만. 그 기획으로 오카자키 선생님에게 관심이 생겨서 책을 읽었어요. 그래서 오늘 워크숍에도 왔고요. 이런 말을 할 줄이야."

"아, 어떤 이야기를 보내셨나요?"

"전혀 무섭지 않은 얘기였어요. 그, 강아지 얘기요."

"……〈개〉?"

개 유령이 나온다. 캔 사료를 놓고 퇴근하면 다음 날, 깨끗하게 비워져 있다는 이야기.

"맞아요! 죄송해요. 취지와는 맞지 않죠?" 그녀가 미소를 지으면서 말했다.

나도 웃으며 대답했다. "아닙니다. 위로가 됐어요. 읽기 힘든 이야기가 이어져서 너무 피곤했거든요."

"그렇다면 다행이에요."

그녀는 다시 미소를 짓고는 맥주를 주문했다. 나도 마시고 싶어져서 같은 걸 부탁했다. 건배하고는 질문을 던진다.

"개 유령이라니, 여전히 잘 상상이 안 되어서……."

그렇게 말했더니 바바 씨는 또 웃었다.

"무엇보다 그 얘기 진짜인가요?"

"물론이죠! 다만 제가 직접 본 건 아니에요. 선배나 동료 중에 본 사람이 있다는 거죠."

"어디에 나타나나요?"

"음, 창고나 탈의실…… 그리고 서점 문을 닫고 조명을 끄기 시작했을 때 책장 사이로 달리는 모습을 봤다거나…… 하는 이야기를 들었어요."

"견종은 모르세요?"

"견종……까지는 모르죠."

"색은요?"

"그러고 보니 그런 얘기도 전혀 안 나왔네요."

"정면에서 본 사람은 있나요?"

"아, 맞다!! 다들 어디론가 사라지는 그림자가 슬쩍 보였다는 식으로 말한 것 같네요."

"그렇군요……."

"우리 점장은 정면에서 본 적이 있다고 했었어요. 그렇지만 점장은 스태프들이 이 얘기만 하면 묘하게 초조해한다고 해서 자세한 얘기는 못 들었어요."

"그 개, 짖기도 하나요?"

"아뇨. 짖거나 우는 소리는 못 들었어요."

"그래요?"

"아, 그리고 평대라고 아세요? 그 밑에서 봤다는 얘기도 들은 적이 있어요."

"이렇게…… 웅크리고 있었다?"

"네……. 이유는 모르겠는데 쭈그리고 있었다고."

"서점 문이 닫힌 뒤에?"

"네. 캔 사료의 내용물이 사라진 것도 다들 퇴근한 다음이고……. 그런데 정말 질문이 많으시네요."

바바 씨가 웃다가 내가 웃고 있지 않음을 깨닫고 웃음을 거뒀다.

"그리고 뭐였더라, 냄새가 났다고 하던데."

"냄새요?"

"우리 서점은 이상하게…… 벌레가 꽤 많아요. 그와 관련이 있을 거라고 선배가 말했어요."

"벌레……."

"네. 맞아요. 그리고 이건 누군가의 장난일 텐데 앞치마 끈이 잘 풀려요."

신음을 흘리고 말았다. 바바 씨가 깜짝 놀라 이쪽을 보고 있다.

"괜찮으세요?"

"……그 개가 나타나면 앞치마 끈이 풀려 있다?"

"아, 네……. 나중에야 알고 보니까 풀려 있었다는 식으로. 그건 저도 몇 번 경험한 일이에요."

"그거, 정말 개인가요?"

"어? 아니, 개가 아닐까요……."

"누가 개라고 했나요?"

"누구였더라……. 모르겠어요. 전부터 그렇게 얘기되어서……."

"아이 아닐까요? 사람의 아이."

"아이? 그게, 사가와 씨도 기어가는 걸 봤다고 했고……. 나중에 걷는 걸 봤다고 했는데…… 어라?"

"이상한 목소리를 들은 적은?"

"모르겠어요. ……하하. 어쩐지 무서워지네요."

"다른 직원에게 물어봐주시겠어요? 특히 점장님에게."

"네……. 그런데 왜……?"

"'시간이야'라는 말을 들은 사람은 없나요?"

"재미있는 이야기라도 하시나 봐요?"

카페 점장이 끼어들었다. 부드러운 미소를 내게 던졌다.

바바 씨가 곤란해한다는 사실을 알아차리고 끼어든 것이다. 핏기가 가셨다. 미안하게 되었다. 바바 씨의 눈은 잔뜩 겁을 먹고 있었다.

가게 밖으로 나와 히시카와 씨에게 메일을 보내려고 했다. 그때 등록되지 않은 메일 주소에서 메일이 도착한 사실을 알게 됐다.

'히라모토 세이코 건에 관하여', 라는 제목의 메일을 열었다.

히시카와 마코토 님에게.

cc : 오카자키 하야토 선생님

안녕하십니까, 오카자키 선생님. 처음 뵙겠습니다. 괴담 이야기꾼, 괴담 작가로 일하는 메무라고 합니다.

어제 히시카와 님이 상담하셨던, 영업 중인 서점에서 목을 매 자살한 직원과 관련해 지인을 통해 정보를 얻게 되어 공유해드립니다(최대한 빨리 알고 싶다고 하셔서 무례를 무릅쓰고 오카자키 선생님을 참조에 넣었습니다).

스마트폰을 조작하는 손이 뜻대로 움직이지 않았다.

카페 앞에서 메무 씨의 메일을 읽어 나갔다.

메일은 장문이었다. 정리하자면 다음과 같은 내용이었다.

메무 씨의 전 파트너는 예전에 오컬트 계열 웹 미디어에서 편집자로 일했다. 그 미디어에 기고하던 작가 중에 니타라는 남자가 있다.

니타의 고향은 기후였다.

그는 자살한 문제의 여성 직원과 초중학교 동창이었다고 한다. 자살을 처음 알았을 때는 그저 기묘한 사건이라고만 생각하고 별로 신경 쓰지 않았다. 그런데 자신이 오컬트 계열 작가가 되고 경력을 쌓기 시작했을 때 왠지 그 사건을 그대로 둬서는 안 된다, 사건을 조사하고 싶다는 마음이 점점 커졌다고 한다. 그리하여 사건이 일어나고 5년이 지났을 무렵 독자적으로 취재를 시작했고 진척 사항을 웹 미디어 편집자에게 보고했다.

그런데 그 기사는 빛을 보지 못했다. 취재를 시작하자마자 니타가 차에서 심근경색을 일으켜 사망했기 때문이었다. 확실히 니타는 제대로 챙겨 먹고 다니지 않았다. 그러나 아직 서른이었다.

따라서 메무 씨가 알려준 정보는 어디까지나 편집자의 기억, 또는 메일 이력에 남아 있는 얼마 안 되는 내용이다.

· 사망한 여성 직원의 이름은 히라모토 세이코.

· 검은 머리와 안경이 잘 어울리는 차분한 분위기의 여성이었다.

· 사건은 2005년 12월 3일에 일어났다. 히라모토 세이코는 당시 스물다섯 살이었다. 자살의 동기를 밝히는 유서 등은 발견되지 않았다.

· 그리고 사망 시, 그녀는 임신 7개월이었다. 아이 아버지가 누구인지는 불명, 그녀는 미혼이었고 연인의 존재도 알려진 바

없다.

· 그녀는 지역 대학을 졸업하고 대졸 신입으로 이 서점에 들어왔다. 일본에서도 손에 꼽히는 대형 체인인데 그녀가 근무한 점포는 계열사 중에서도 대형 점포로 알려져 있었다.

· 그녀가 서점 직원이 되는 걸 가족은 반대했다. 교사가 많은 집안이라고 한다. 아버지는 현지 고등학교 교사였고 어머니 역시 초등학교 교사였다. 그녀의 사건이 거의 기사화되지 않은 이유는 이 부분과 관련이 있을 가능성이 있다.

· 그녀의 근무 태도는 매우 성실한 편이었다고 한다. 실수도 거의 없었다.

· 그녀가 목을 맨 장소는 매장 구석이다. 다만 근처에 참고서 코너도 있어서 절대 사람이 안 다니는 곳은 아니었다.

· 그녀가 목을 매는 과정은 서점 안 CCTV에 찍혔다. 그녀가 벽에 밧줄 같은 걸 걸고 올가미에 목을 넣고 발판을 차는 과정이 찍혔다고 한다. 몸이 삐걱삐걱 흔들리는 것도 찍혔다. 기묘하게도 시신 근처를 여러 손님이 지나가기도 했다는 것이다. 게다가 한 사람은 시신 바로 앞을 지나갔다고 한다. 그러나 그들은 전혀 알아차리지 못했다.

· 그녀가 목을 맨 벽에는 원래 제단이 있었다. 제단을 설치하려고 박아놓은 고리가 자살에 이용되었다고 한다.

· 자살에 사용된 도구는 개용 목줄이었다. 신제품이 아니라 상당

히 낡아 보였다고 한다. 그러나 히라모토 세이코의 집에서는 개는 물론 어떤 동물도 키우지 않았다.

거기까지 읽고 나는 주위를 살폈다. 셔터가 모두 내려진 인적 없는 상점가가 좌우로 뻗어 있을 뿐이었다. 카페 안에서는 사람들의 웃음소리가 흘러나오고 있다. 누군가가, 미소를 짓고 나를 훔쳐보는 듯한 느낌이 들었다.

메일은 계속되었다.

· 병원에서 알아본 바, 그녀 뱃속에 있던 아이의 성별은, 남자아이로 판명되었다.

'이상입니다. 히시카와 님, 오카자키 선생님. 도움이 되었으면 좋겠습니다.'

메일은 그렇게 끝을 맺었다. 벽에 등을 기댔다.

서점에서 죽은 태아. 역시, 그게 바로, 그 유령인가……?

아니, 물론 비약이다. 지나친 비약이 틀림없다. 모순을 따지자면 헤아릴 수도 없다. 예컨대 목격된 아이의 나이는 체격으로 보아 여섯 살이나 일곱 살 정도이다. 왜 그 나이로 나타날까? 태아 모습으로 나타나지 않고. 유령이 성장하기도 하나? 그러나 자살 사건이 발생한 2005년에서 순조롭게 성장했다면 유령은 이미 성인이 되어 있어야 한다.

그리고 왜 아이만 혼자 나타나나? 히라모토 세이코의 유령은 목격되지 않잖아? 평범하게 생각하면 '임신 중인 히라모토 세이코의 유령'이 나와야 하지 않나? 아니면 적어도 '아이를 데리고 있는 히라모토 세이코의 유령'이 나와야지. 아니, 실은 목격되지 않았을 뿐이고 아이의 유령이 나타날 때 어둠 속에서 히라모토 세이코의 유령도 나타나는 게 아닐까?

모순과 의문이 수없이 솟아난다. 그러나 이 가설은 묘하게 마음에 걸린다. 태어나기 전에 목숨을 잃었다는 원통함이 그를 서점이라는 장소에 붙잡아두고 있는 게 아닐까…….

부정과 반론은 일단 놔두자. 나는 떠오른 가설을 솔직하게 써서 히시카와 씨에게 메일로 보냈다. 사소한 증거이기는 하나, 히라모토 세이코의 자살은, 모든 괴이에 앞서 발생했다.

〈배본〉 시라카와서점 군마 본점, O 씨

서점에는 매일, 대량의 책이 도착합니다.

아시겠지만, 일본 출판업계에는 위탁 판매 제도라는 게 있습니다. 서점은 출판사가 낸 책을 사들일 필요가 없고 일시적으로 맡는 형태로 진열대에 놓습니다. 그리고 팔릴 기미가 안 보이면 언제나 무료로 반품할 수 있는 제도입니다.

말할 것도 없이 일본 서점 대부분은 이 위탁 판매 제도를 이용하고 있습니다. 이 제도 덕분에 재고를 떠안을 부담 없이 다양한 책을 진열할 수 있다는 장점이 있죠. 잘 팔리는 책뿐만 아니라 비주류라도 사람들에게 도움이 될 책을 폭넓게 다룰 수 있어서 문화 발전과 교육에 기여할 수 있기 때문입니다. 반대로 이 제도의 단점도 있다고들 하는데 여기서는 일단 언급하지 않겠습니다.

출판된 책은 중개인이라고 불리는 도매상을 통해 각 서점에 배본됩니다. 운송업자가 심야에 책을 실어옵니다. 그들에게 뒷문 셔터 열쇠를 맡기죠. 아침 첫 근무 스태프가 서점에 올 때쯤에는 그날 발매하는 서적이나 잡지를 담은 종이상자나 포장된 책들이 사무실에 쌓여 있습니다.

우리는 도착한 책을 오전 중에 다 풀어 장르별로 매장에 진열합니다. 특히 잡지나 만화는 발매일에 맞춰 오는 손님이 많아서 오픈과 동시에 진열되어 있도록 가장 먼저 책을 풉니다.

그날, 저는 아침 근무였습니다. 8시 전에 서점 문을 열고 스태프 세 명과 함께 작업을 시작했습니다. 이날 아침에 도착한 양은 단행본을 담은 종이상자 아홉 개와 잡지 포장 뭉치 열두 개였습니다. 이 짐들은 보통 '카고 팔레트'라고 하는 대형 대차에 실어서 짐을 푸는 작업을 하는 긴 책상으로 옮깁니다. 그리고 하나씩 개봉합니다.

저는 잡지 담당이었습니다. 십자 형태로 단단히 묶인 끈을 '끈 자르기' 도구로 자르고 개봉합니다. 중개인이 보낸 전표와 대조하며 들어온 권수와 제목을 점검하는 일도 잊어서는 안 됩니다. 또 최근 잡지는 부록이 붙어 있을 때가 많습니다. 상하지 않도록 잡지와 부록을 따로따로 포장합니다. 이들은 하나씩 합쳐 전용 고무줄로 모으는 작업이 필요합니다.

다섯 번째 포장 뭉치에 손을 댔을 때였습니다.

"어, 앗!"

소리가 났습니다.

고개를 드니 조금 떨어진 데서 작업 중이던 여성 스태프가 잔뜩 굳은 표정을 짓고 있었습니다. 책상 구석의, 아직 개봉하지 않은 종이상자를 보고 있었죠.

스륵, 소리를 내며 상자가 혼자 움직였습니다. 제 입에서도 얼빠진 소리가 나왔습니다. 스륵, 스륵, 그 상자는 책상에서 삐져 나가고 있었습니다. 그리고 쿵, 책상 아래에서 묵직한 소리가 났습니다. 도저히 믿을 수 없었습니다. 영문 모를 상황에 공황 상태에 빠진 분위기가 사무실을 가득 채웠습니다. 상자는 바닥에 뒤집혀 있었습니다. 한참 바라봤는데도 움직이지는 않더라고요.

제가 조심스럽게 커터 칼을 움켜쥐고 다가갔습니다. 개봉하려고 상자에 손바닥을 댔습니다. 상자를 봉한 테이프에 칼날을 넣었습니다. 종이상자가 비명을 지르지는 않을까? 엉뚱한 생각이 머리에 떠올랐습니다. 안에는 스무 권의 책이 들어 있었습니다. 문예와 수필 등 인문 단행본이 주로 들어 있었습니다. 살아 있을 만한 것은 없었습니다. 벌써 15년도 더 된 이야기입니다.

※ 이 메일에는 사진도 첨부되어 있다. 바닥에 놓인 종이상자 사진이다. 뚜껑이 닫힌 사진과 열린 상자 안에 담긴 책이 보이는 사진이다.

〈소금〉 마쓰시타서점 도야마 지점, I 씨

우리 서점에는 이유는 모르겠는데 여기저기 부정을 없애는 소금이 놓여 있습니다. 계산대 아래, 에스컬레이터 밑, 창고나 탈의실 구석, 그리고 화장실 청소 용구함 구석 등 정말 다양한 곳에 조그만 팔각형 접시에 소금이 담겨 있습니다. 달마다 바뀌는 열쇠 당번 직원이 매달 소금을 담아야 합니다.

7년 전, 제가 이곳에서 일하기 시작하기 전부터 이 관습은 이어져 내려왔다고 합니다. 제일 오래 일한 직원에게 물어봐도 왜 시작했는지는 모른다고 했습니다.

그리고 그 소금 말인데요, 누군가 장난을 잘 쳐놓습니다. 이를테면 녹아서 소금물처럼 되어 있을 때가 많습니다. 게다가 단순한 물로 녹인 게 아닌 듯합니다. 소금 그릇 주변에…… 이따금 역 플랫폼 같은 데서 보잖아요? 누군가가 침을 뱉은 흔적을. 막 뱉었는지 기포까지 있거나, 거의 말라 얼룩만 남아 있거나……. 딱 그런 게 소금 그릇 주변에 잔뜩 있답니다. 누군가가 자기 침을 끈질기게 뱉어서 녹인 듯 보입니다.

이 밖에도 피우다 만 담배꽁초가 여럿 꽂혀 있을 때도 있습니다.

담배 종류가 여럿이라 여러 사람이 한 짓인가 생각하기도 했습니다. 그릇째 부서져 있을 때도 있습니다.

생전 처음 본다고 표현할 수 있을 만큼 수많은 민달팽이가 있기도 하고요. 수십 마리의 민달팽이가 그릇 위에서 젤리 더미를 만들어 꿈틀대고 있어요. 아래는 갈색 액체가 수프처럼 차 있고요. 그릇 옆면에도 살아 있는 녀석이 잔뜩 붙어 있어서 스스로 소금의 바다를 기어 나온 듯 보였습니다.

다음 날 아침, 히시카와 씨가 위의 두 괴담을 첨부해 보냈다. 왠지 본문은 없었다. 내가 보낸, 태아 유령이라는 가설에 대한 언급도 없었다.

이날은 그가 타이완 출장에서 돌아오는 날이었다. 해가 저물고 그다음 날도 지나갔다. 그런데도 히시카와 씨는 나에게 더는 연락하지 않았다.

꽤 바쁜 모양이네. 출장 기간이 늘어났나? 아니면?

빨리 그의 의견을 듣고 싶었다. 이유도 없이 그냥 조급했다.

최대한 신경 쓰지 않으려고 노력하며 다른 일에 집중하려 했다. 애니메이션 소설화 일 말이다. 자료를 읽고 플롯을 쓰기 시작했는데 이게 생각보다 재미있었다.

당연히 소설화 창작 작업은 세계관과 중심 캐릭터들이 미리 갖춰진 상태에서 시작된다. 내가 제로에서 만들어낸 인물들이 아니다. 그런 인물들에게 제대로 생명을 불어넣을 수 있을까. 그리고 이야기 세계 전체에 피가 통하게 하고 살을 붙일 수 있을까. 이런 작업에 나설 때는 언제나 불안해지고 만다.

그러나 기우였다. 시험 삼아 이야기를 굴려봤는데 캐릭터들이 생생하게 움직였다. 아주 극단적인 설정이나 성격을 부여한 캐릭터라도 진지하게 대면하면 대체로 이해할 수 있다. 자기의 내면을 정성껏 찾으면 그 캐릭터와 비슷한 부분을 틀림없이 발견할 수 있다. 내 안에는 신경질적인 부분도 있고 덜렁대는 부분도 있다. 천진난만하기도 하면서 약삭빠른 부분도 있다. 그런 점들을 서로 잇기만 하면 어떤 캐릭터도 움직이게 할 수 있다.

또 이번 일은 애니메이션의 기존 이야기를 소설화하는 게 아니라 새로운 이야기를 만들어야 한다. 그렇게 하기 위해서는 당연히 오리지널 캐릭터를 전개할 필요가 있다. 거기에는 자연스럽게 나 자신이나 이제까지 인생에서 만난 사람들, 겪었던 일들이 들어간다. 완벽하게 내 영혼을 담은 작품이라고 할 수 있다.

즐거운 일이었다. '서점 괴담(가제)' 일로 마음이 어두운 쪽으로 치우쳐 있었던 만큼 더 흥미롭게 임할 수 있었다. 밤낮을 잊고 일에 몰두하는 날들이 이어졌다. 이따금 시계를 볼 때마다 어딘가로 사라진 시간에 놀랐다. 무슨 이런 직업이 있나 싶기도 했다. 내 인생을 책에 쏟아붓고 있다. 아니, 책이라는 매체의 흡입력이 너무 강했다.

어느 날 밤, 히시카와 씨의 메일이 도착했다. 귀국 예정일에서 일주일 가까이 지나 있었다.

'답변이 늦어서 죄송합니다. '서점 괴담(가제)'과 관련해 큰 진전이 있었습니다. 직접 이야기하고 싶습니다. 갑작스러운 제안이기는 한데 오늘 밤에 미팅하시면 어떨까요?
오카자키 하야토 선생님 회의
10월 10일(목요일) 21:00~22:00
시간대 : Asia/Tokyo
Google Meet 참가에 필요한 정보
화상 회의 링크 : http://meet.google.com…'

「안녕하셨어요? 답변이 늦어져서 정말 죄송해요.」
히시카와 씨의 얼굴에는 수염이 무성했다.
"괜찮습니다. 근데 오늘은 사무실이 아닌가요?" 내가 말했다.
그의 배경이 무기질적인 하얀 벽과 커튼이었기 때문이다. 고단샤가 아닌 게 명백했다. 사용하는 장치도 아이패드였다.
「비즈니스호텔입니다. 지금 잠깐 기후에 와 있어서요.」
"기후? 출장이요?"
「히라모토 세이코 씨의 가족을 찾아갔습니다.」
뭐라고? 입을 다물고 만다.

"어제…… 그녀의 가족을?"

「네. 조금 조사했더니 바로 알 수 있어서요.」

"……따님 사건을 얘기해달라고요?"

「더 완곡하게 전했지만, 간략하게 말하자면 그렇죠.」

그건…… 약간 비상식적인 행동처럼 여겨졌다. 문학 편집자라는 업무에서 완전히 일탈한 듯 보였다. 또 사전에 내게 아무 연락도 없이 그런 행동에 나선 것도 그답지 않았다.

한동안 어이가 없어 멍하니 있었는데 그가 공유 화면에 URL을 띄웠다. 열어보니 '바다에 있는 건 인형? 서점 직원의 일상 블로그'라는 한 개인 블로그가 나왔다.

「히라모토 세이코 씨가 남긴 일기입니다.」

히시카와 씨는 기후에 있는 히라모토의 본가를 찾았다고 한다.

히라모토 세이코는 생전에 계속 본가에서 살았다고 한다. 집에서 직장을 다녔다는 것이다.

그녀의 부모님은 딸이 세상을 떠난 뒤에도 계속 그 집에서 살았다. 아버지는 몇 년 전에 타계해 집에는 현재 어머니 혼자 살고 있었다. 히시카와 씨는 현관 입구에서 어머니에게 솔직히 모든 걸 털어놓았다고 한다.

자신은 문학 담당 편집자이다. 지금 이런 소설을 만들고 있다. 취재하다가 일본 여러 서점에서 같은 괴이가 발생하고 있음을 알게 되었다. 그 조사 끝에 히라모토 세이코 씨 사건을 알았다. 히라모토 세이코 씨의 자살이 괴이의 원인일 가능성이 있다. 더 설명하자면 그때 그녀가 품고 있던 아이가. 그렇게 숨김없이 전했다고 한다.

이야기를 듣기만 해도 마음이 조마조마했다. 당신 딸이 자살할 때 뱃속에 있던 아이가 지금 괴물이 되어 인간을 놀라게 하고 있다. 요컨대 그렇게 말한 셈이다. 무례이자 잔인하다.

나아가 히시카와 씨는 다음과 같은 말도 했다고 한다.

유령이 되어 떠돌고 있다면 고통스러울 수 있다. 공양, 진혼, 성불시켜야 한다. 그러니까 뭐든 따님의 죽음과 뱃속 아이에 관한 단서를 알려달라.

"그래서요……? 어머니의 반응은요?"

물이라도 끼얹지 않았을까. 그런 생각이 들었다.

「조용했어요.」

어머니는 담담하게 "말할 게 없습니다"라는 말만 되풀이했다고 한다.

「그래도 물러서지 않고 부탁했습니다. 혹시 소지품을 남겼다면 뭐든 보여달라고요.」

정말 무례한 부탁이다. 그런데 실로 의외의 일이 벌어졌다. 딸이 자기 방으로 썼던 2층 방으로 안내했다는 것이다. 아주 평범한 네 평13.2제곱미터 정도의 서양식 방이었다.

책상과 나무 책장 같은 가구가 기본적으로 그대로 남아 있었다. 자식을 잃은 부모가 방을 그대로 보존하는 경우는 자주 있고 그 마음은 충분히 이해된다.

「그런데…… 책장과 서랍은 다 비어 있었어요.」

히시카와 씨는 어머니의 허락을 얻어 책상과 옷장 안, 벽장 속을 다 뒤져봤다고 한다. 다 텅텅 비어 있었고 먼지가 살짝 쌓여 있는 상태였다.

방 한구석에는 침대가 있었다. 나무틀만이 남아 있고 이불이나 매트리스는 처분하고 없었다. 요컨대 그릇인 가구만 남기고 그 내용물인 딸의 소지품은 전부 처분했다는 소리다. 그래도 히시카와 씨는 포기하지 않고 책상 속과 침대 밑을 꼼꼼하게 조사했다고 한다. 어머니는 바로 아래층 거실로 내려가 방에는 히시카와 씨 혼자 남았다.

「아무것도 발견하지 못했습니다. 그렇지만 빈손으로 돌아가기는 너무 분해서 몰래 방 사진을 찍었습니다.」

공유 화면에 사진 파일이 쑥쑥 올라왔다. 반사적으로 사진을 보는 게 꺼려졌다. 미안하지만 너무 께름칙했다. 사진은 다섯 장이었다. 방의 전경. 책상. 옷장. 책장. 벽장.

등골이 서늘했다.

히시카와 씨가 말한다. 「……사진을 찍은 순간, 정확히 말하면 방의 전경을 처음으로 찍은 순간, 어쩐지 등골이 서늘해졌습니다.

뭐랄까, 바로 근처에서 누군가가 지켜보고 있는 느낌이……. 아니, 그보다는 바로 근처에 누군가가 있다는 사실을 드디어 알게 된 듯하다고 해야 할까요…….」

그는 저도 모르게 방 안을 둘러봤다. 물론 방에는 아무도 없었다. 입구 문이 열려 있어서 어두컴컴한 복도가 보일 뿐이었다. 다시금 냉정함을 되찾았고 어머니의 반응도 기이하다고 생각했단다. 갑자기 찾아온 사람을 고인의 방에 혼자 남기고 사라질까. 드디어 이상함을 느끼기 시작했다.

그래서 히라모토 세이코의 방에서 나왔다고 한다. 거실에서 다시금 어머니에게 감사 인사와 무례함을 사과하고 그녀의 집을 나왔다.

「마지막까지 어머니는 멍한 표정이었습니다. 화를 내지도 울지도 않았어요. 마음이 여기에 있지 않다는 표현이 제일 가까울지 모르겠습니다.」

여기서부터 더 의외의 전개가 일어난다.

그날 저녁, 그의 스마트폰에 모르는 번호로 전화가 왔다.

전화를 받으니 여성이었다. 상대는 의심을 숨기지 않고 말했다.

「오늘, 집에 오셨다고 들었는데요.」

그녀는 히라모토 세이코의 여동생이라고 밝혔다.

히라모토 마사코. 마사코 씨는 집을 나와 혼자 살고 있다고 했다. 어쩌다 이날, 가져갈 짐이 있어서 본가에 갔는데 거실에 낯선 명함이 있었다. 어머니의 이야기를 듣고 히시카와 씨의 방문을 알게 되었다. 히시카와 씨는 어머니에게 했던 말을 똑같이 그녀에게 다시 설명했다.

마사코 씨는 할 말을 잃었다. 그리고 「최악이야……」라고 중얼거렸다고 한다. 실제로도 정말 최악이었을 것이다. 내 언니가 배에 품고 죽은 아기가 괴이로 변해 전국에 나타나고 있다는 소리를 들었다면.

그런데 마사코 씨는 그 가능성을 필사적으로 부정하거나 히시카와 씨에게 적대감을 드러내지는 않았다고 한다. 그저 지긋지긋하다는 목소리로 이렇게 말했을 뿐이었다.

「우리 엄마, 이상했죠?」

"이상하다니……?" 히시카와 씨는 되물었다.

「언니가 죽은 다음부터는 내내 저 모양이에요. 치매인가 의심하기도 했어요.」

"그렇군요……."

「그래서, 단서라도 찾으셨어요?」

"아뇨. 아무것도."

「그렇죠? 부모님이 언니 소지품을 다 버렸거든요.」

"왜 그러신 건가요?"

「글쎄요. 전 몰라요. 그 집 사람들을 그다지 좋아하지 않거든요.」

전화 너머에서 담배에 불을 붙이는 소리가 들렸다.

물어보니 마사코 씨는 근처 제본 공장에서 일하고 있고 미혼이라고 했다.

"돌아가시기 전에 언니분에게 일어났던 이변에 짐작 가는 게 없으신가요?"

「전혀요. 임신 사실도 죽고 나서 경찰이 알려줘서 알았어요.」

"상대가 누군지는 전혀 짐작이?"

「전혀요. 보이는 대로, 라고 하면 좀 그렇지만 남자가 있다고는 상상도 못 했어요.」

"돌아가셨을 때 세이코 씨는 임신 7개월이었다고 들었습니다. 함께 살던 아버님이나 어머님이 모르셨다는 게 아무래도 이상한데요."

「저도 그렇게 생각해요.」

"저……." 히시카와 씨는 과감하게 묻기로 했다. "언니분의 아이가 괴이일지도 모른다, 그렇게 제가 말했을 때 마사코 씨는 놀라면서도 어딘가 받아들이는 분위기를 풍겼습니다. ……그럴 만한 이유가 있습니까?"

잠시 침묵이 흐른 후 마사코 씨가 입을 뗐다.

「언니, 옛날부터 조금 그런 걸 봤던 사람이라서요.」

히라모토 세이코에게 영감이 있었다?

「어릴 때부터 가끔 그런 말을 했어요. '옆 사람, 사람인 척하고 있을 뿐이야. 그러니까 보면 안 돼.' 그렇게 말해서 늘 겁먹었다니까요.」마사코 씨는 말하며 웃었다.

"정말 그런 능력이 있었다고 생각하세요?"

「잘 모르겠어요. 그냥 튀고 싶어서 말했을 수도 있겠죠. 어른이 되고는 그런 말은 안 했으니까요. 어쩌면 사람들이 께름칙하게 생각하는 게 싫어서 숨겼을 수도 있고요.」

영능력자의 아이는 괴이가 되기 쉽다. 그럴 가능성도 있을까?

「마사코 씨가 알려준 게 아까의 블로그입니다. 세이코 씨가 아직 살아 있을 때 우연히 발견했답니다. 역 근처 빵집을 검색하다가요. 낯익은 장소와 화젯거리가 잔뜩 나왔다고.」히시카와 씨가 말했다.

"그랬군요……."

「다만 본인에게 확인하지는 않았답니다. 가족의 일기를 훔쳐본다는 게 본능적으로 싫어서 슬쩍 보고 바로 나왔답니다. 저와 얘기할 때까지 존재도 잊고 있었던 것 같았습니다. 실제로 블로그 제목도 기억하지 못했으니까요.」

"아니, 그러면 어떻게 URL을 알아냈어요?"

「그게…….」히시카와 씨가 머리를 긁적였다. 「샅샅이 뒤졌죠. 마사코 씨가 기억하고 있던 빵집 이름과 블로그에 나왔던 키워드 같은 걸 지명과 조합해서.」

"엄청난 시간이 걸렸겠어요. 어? 히시카와 씨, 히라모토 씨의 집에 간 게 어제 아니었어요?"

「네. 어제였죠. ……오늘 내내 찾았어요.」

지금은 10월 10일 밤 9시 반이다. 어제 낮에 히라모토의 집을 방문하고 저녁에 동생의 전화를 받고 계속 기후에 있다는 말인가.

"회사는요?"

「휴가를 냈습니다.」

"……괜찮은 겁니까?" 대답을 듣고 싶지는 않았으나 물었다. 히시카와 씨가 아무 말도 하지 않아서 채근하듯 말했다. "이상한 일이 있는 건 아니죠?"

칙, 소리가 화면 밖에서 났다.

「저는 괜찮아요. 그러니까 일단 블로그를 봐주세요. 큰 진전이 있었으니까요.」

"나중에 볼게요."

갑자기 유족의 집을 방문하고 일까지 쉬며 단서를 찾다니 너무 이상하다.

히시카와 씨는 침묵했다. 나도 아무 말 하지 않았다. 이윽고 그가 지친 미소를 흘렸다.

「영 숨길 수가 없네요.」

실은, 이상한 편지를 받았습니다. 그렇게 말했다.

"편지?"

「네……. 잠깐 실례할게요. 목이…….」

그가 캔을 입에 대고 마셨다. 순간 화면에 비친 것은 추하이 캔으로 보였다. 원래 그는 술을 못 마시는데. 그리고 업무 시간과 업무 범위를 넘어섰다고는 해도 나와 회의하는 중이다. 그답지 않았다. 그는 입가를 닦고 이렇게 말했다. 손가락이 달달 떨리고 있었다. 그제야 그가 겁에 질려 있다는 사실을 깨달았다.

「……구겨지고 더러운 원고지였습니다.」

"……그게?"

「400자 원고지요. 고쿠요사가 판매하는 원고지였습니다……. 인쇄된 품번을 찾아봤더니 그 제품은 20년도 더 전에 제조가 중단되었더라고요.」

"……아니."

「원고지 전체가 오수로 더럽혀진 듯한…… 너무나 께름칙하게 여전히 군데군데가 축축했어요. 웃지 말아주세요. 이상한 망상이기는 한데…… 누군가가 일부러 변기에 빠뜨렸다가 입에 넣어 와작와작 씹어서 한껏 더럽힌 듯한 느낌이 들었습니다.」

목에서 질문이 쏟아지려 했으나 다시 삼켰다. 끼어들지 않는 게 좋을 것 같았다.

「그 편지를 펼쳐 자세히 보니 연필로 뭔가가 적혀 있었습니다. 악필이고 원고지 눈금도 다 무시하고……. 선은 세월에 흐려졌고 번져 있기도 했습니다. 오염도 되어 있어서 제대로 읽을 수 없었죠. 그렇지만 분명…… 아이 글씨였습니다.」

나는 너무 놀라 말문이 막혔다. 술 마시는 소리가 들렸다.

침묵을 견디지 못하고 입을 열려 했다.

그때 히시카와 씨의 목소리가 겹쳤다.

「펠리칸……

오독오독 먹네……

히이 군……

구멍투성이……

간신히 읽을 수 있었던 게 그 정도입니다.」

히시카와 씨가 콜록 헛기침하고 웃었다.

나는 옆에 놨던 페트병을 집어들어 물을 마셨다. 일단 제일 먼저, 누군가의 장난일 가능성을 의심했다. 우리가 아이 유령을 조사하고 있다는 걸 아는 누군가가 이런 장난을 친 게 아닐까.

그러나 이번 기획은 서점 직원이나 출판 관계자밖에 모른다. 히시카와 씨와 고단샤 사람들이 이런 짓을 할 만한 동기는 없다……. 아니, 그렇다면 내가 북토크 행사나 뒤풀이에서 흘렸을 가능성은 없나? 아이 유령을 쫓고 있다는 말까지는 한 적이 없을 텐데…….

무엇보다 히이 군이라는 이름을 아는 사람이 몇 명이나 되지?

"그 물건은……." 내 목소리는 잠겨 있었다. "그 용지는 그대로 갖고 있나요?"

「죄송합니다.」 그는 고개를 숙이며 말했다. 「바로 버리고 말았습니다. 찢어서 화장실 변기에 흘려버렸어요.」

어떻게 그리 성급하게……. 그렇게 생각했는데 히시카와 씨가 말을 이었다.

「그 편지는, 집 우편함에 들어 있었어요.」

"아니……!" 다시 할 말을 잃었다. "회사가 아니라요?"

「타이완에서 돌아온 날 밤에 아내가 보여줬습니다. 뭔가 이상한 게 왔다며. 장난 같다고.」

히시카와 씨는 그렇게 말하고 또 웃었다. 피로 때문인지 취기 때문인지 그의 얼굴은 군데군데 붉었다. 그가 그것을 '편지'라고 표현하는 것도 께름칙했다.

그래서…… 히라모토의 집을 방문한다는 극단적인 행동에 나섰구나. 궁지에 몰려서.

「아무래도 문을 열고 만 것 같습니다.」그가 말했다. 「실은 오카자키 선생님에게는 전송하지 않았는데…… 이따금 어디서 흘러나갔는지 회사 계정으로 서점 직원이나 관계자가 아닌 사람이 메일을 보냅니다. 대체로 너무 기분 나쁜 에피소드죠.」

"히시카와 씨, 액막이를 받아보지 않을래요?"

「네?」

"제가 전문가를 소개할게요."

설마 내 입에서 이런 소리가 나올 줄은 정말 몰랐다.

「굳이 그렇게까지…….」

“만약을 대비해서요.”

「아…… 알겠습니다. 집필에도 도움이 될지 모르죠.」

“그리고…….” 조심스럽게 말했다. “괴담 수집은 이제 그만해도 될 것 같습니다.”

「그건…… 무슨 말씀이세요?」 그의 목소리가 낮아졌다.

“……좋지 않은 걸 불러들일지도 몰라서요.”

마치 누군가의 대사처럼 들린다. 그래도 할 수밖에 없었다.

「그렇지만 지금도 투고가 계속되고 있습니다. 물론 처음보다는 줄어들었으나 계속 끊이지 않고 오고 있어요. 지금 중단하면 너무 아까워요.」

“그야 그렇지만…….”

「히이 군, 을 이미 부르고 말았어요. 그의 진상과 이어질 정보도 더 올지 몰라요. 진실로 이어질 실마리가 올지도 모르고요.」

그게 위험한 거라고! 무엇보다 당신도 겁먹고 있잖아.

그는 계속 말했다. 「게다가…… 생각하기에 따라서는 이번 편지는 큰 진전일 수도 있습니다.」

“아니, 아니…….”

「만약 장난이 아니라면, 그 편지가 진짜라면…… 굉장한 거예요. 진상에 다가갔다는 증거라고요.」 히시카와 씨의 어조가 강해졌다.

상대가 그렇게까지 말한다면 이제 내가 중단시킬 방법은 없다. 그는 말을 끊지 않았다.

「진실을 밝히는 일이 괴기 현상의 해결로 이어지는 일일 수 있습니다. 그러므로 괴담 수집은 계속해야 한다고 생각합니다.」

「그리고 무엇보다도.」 그가 말했다. 「저는 이 기획에 강한 의지가 있습니다. 무조건 완성해내고 싶습니다. 최대한 재미있는 형태로요.」

그건 나도 마찬가지다. 최대한 재미있는 책을 만들고 싶고 잘 팔렸으면 좋겠다. 나 역시 강한 의욕을 지니고 있다.

"처음 계획대로 백물어로 가면 안 될까요?"

지금 모은 것만으로도 충분하리라.

「오카자키 선생님도 히이 군에 대해 더 찾아보는 게 재미있을 것 같지 않으세요?」

분명 맞는 말이다.

나는, 가라앉은 목소리밖에 내지 못했다. "……그렇다면 액막이는 꼭 받으세요."

「알겠습니다.」

"뭐랄까, 위험해질 것 같으면 꼭 알리셔야 해요."

「네. 그건 오카자키 선생님도 마찬가집니다.」

"히시카와 씨, 너무 피곤해 보여요. 승부는 길어요. 좀 쉬고 몸을 챙기는 게 좋겠어요."

「그럼, 블로그를 살펴보시고 연락해주세요.」

나는 걱정스러운 부분을 물었다. "아내분께는 설명했어요?"

히시카와 씨의 얼굴이 살짝 고통으로 일그러진 듯 보였다.

「아뇨, 아무 말도 안 했습니다.」

"아내분은 괜찮으신 거죠? 집에 혼자……."

「때마침 친정에 있어서요.」

화상 회의를 끝내고 났더니 너무 피곤했다. 사실은 그냥 자고 싶었다. 그래도 샤워를 하고, 조금 주저하면서도 히시카와 씨가 보낸 URL을 클릭했다.

'바다에 있는 건 인형? 서점 직원의 일상 블로그', 프로필에는 '깃코, 20대, 서점 직원'이라고 적혀 있었다. 블로그는 2003년 6월 10일부터 시작되었다. 마지막 업데이트는 2005년 11월 30일이었다. 아무 날짜나 클릭해본다.

'2003-08-08 19:15:04'

어제 오랜만에 시네마 트윈에서 영화를 봤습니다.

〔영화 포스터 사진〕

아주 좋아하는 파트리스 르콩트 감독의 신작!

감독답게, 슬프면서도 웃긴 이야기였습니다. 무엇보다 주인공 레티샤 카스타가 속절없이 아름다웠습니다. 의상도 멋졌고 샹송이 무드 넘치게 흘러 더 기분 좋았던 것 같네요. 시네마 트윈은 평일이라 그런지 여전히 텅텅 비어 있었습니다. 이 마을의 귀중한 독립 영화관인 만큼 이런 문화가 오래 남았으면 합니다.

〔팸플릿 사진〕

인터뷰와 대담도 많이 실려 있어서 읽을 맛이 났습니다. 굴곡이 있는 디자인도 귀여웠고요. OST 목록을 참고로 상송도 들어볼까?

아주 평범한 블로그처럼 보였다.

영화관 이름을 검색하니, 독립 영화관이 나온다. 코로나 여파로 폐업했다는데 분명 히라모토 세이코 씨가 사는 동네에 실제로 있었다. 다른 날 올라온 글도 읽어본다.

'2003-09-01 17:51:19'

서점 근처 카페에서 독서. 이번 달은 그다지 못 읽어서…….

〔커피와 단행본 사진〕

그러고 보니 역 앞 대여 회의실에서 이따금 독서 모임을 한다고 들었습니다. 참가해보고 싶은데 얘기를 듣자니 상당히 본격적인 듯해 주저됩니다. 더 가볍고 문턱이 낮게 카페 같은 데서 하면 젊은 손님도 오기 쉬울 텐데요.

저도 책을 다 읽은 다음에 다른 사람과 의견이나 감상을 나눌 때가 종종 있습니다. 물론 비평가 같은 고찰보다는 더 단순하게 '재미있었어요!', '그 부분, 나도 비슷한 경험을 해서……' 같은 일상적인 수다에 가까운 거랍니다.

음, 서점에서 행사로 진행하자고 제안해볼까?

나는 본격적으로 블로그를 읽기 시작했다.
일단 시간별로 툭툭 건너뛰면서 읽어간다. 글의 주제는 제각각이었는데 기본적으로는 영화와 독서 기록이 많다. 다음은 일상의 잡다한 사건, 때로는 여행 기록도 적혀 있다.
이변은 2005년 여름에 일어났다.

'2005-07-11 20:22:07'
업데이트가 늦어 죄송해요. 요즘에는 어쩐지 너무 피곤해서, 몸이 무겁다고 해야 하나……. 전부터 관심이 있었던, 한방을 공부할 좋은 기회일지도. 그러나 그것도 힘들어서…….
자포자기 상태라 슬픕니다.

'2005-07-14 22:21:08'
영문을 모르겠다. 분명히 페서리Pessary, 자궁의 위치 이상을 바로잡거나 피임하는 데 쓰는 기구를 끼웠는데.

'2005-07-21 00:09:14'
전부 내 망상인 것 같다.

'2005-08-02 00:28:01'

점장에게 말했더니 얼굴이 창백해졌다. 사무실로 가서 만 엔짜리 몇 장인가를 봉투에 넣어서 가지고 돌아왔다.

나는 웃었다. 전부 내 망상인 것 같다.

'2005-08-08 23:07:33'

점장은 무리하지 말고 당분간 쉬라고 했다. 겁먹고 성가신 존재를 치워버리려는 속셈이 훤히 보였다. 정말 왜 이런 남자와 그런 짓을 했을까. 일부러라도 안 쉴 거다.

그런데 어쩐지 서점 분위기가 이상하다.

'2005-08-25 19:08:01'

이게 그만둔 고토 씨가 말한, 아이 목소리인가.

별로 무섭지도 않잖아.

'2005-09-01 20:35:44'

지금, 퇴근하는 길.

아까까지 반납용 책을 정리하는 작업을 했다.

이미 테이프를 붙인 종이 상자에서 하아하아 소리가 들렸다. 사람은 들어갈 수도 없었을 텐데.

'2005-09-03 21:00:09'
〔창고처럼 보이는 장소의, 어두운 사진〕

'2005-09-11 22:48:51'
유니폼 앞치마 끈이 풀어졌다. 하루에, 세 번이나.
누가 풀었지? 대단한 괴롭힘이네.

'2005-09-17 20:28:01'
입덧 최악. 이거 언제 끝나냐.

'2005-09-30 22:02:49'
〔밤길 사진, 넓고 밝은 국도변 인도〕
〔밤길 사진, 공원 옆 인도〕
〔밤길 사진, 어두운 주택가〕
보이지? 따라오고 있지?

'2005-10-05 23:11:42'
목욕하고 있는데 간유리 너머에 누군가가 서 있었다. 커졌다가
작아졌다가 한다.

'2005-10-24 02:29:52'

전하고 싶은 게 있는 거야?

'2005-10-25 04:56:09'
같은 꿈을 수없이 꾼다.

'2005-11-01 04:56:09'
같은 꿈을 수없이 꾼다. 케이지 안에 수많은 어머니와 아버지가
있다.

'2005-11-04 03:02:41'
〔발톱이 빠진 맨발 사진〕
정신을 차려보니, 서점 앞에 있었다.

'2005-11-08 04:00:01'
때리는 건 사랑이 아니야.

'2005-11-15 03:47:17'
뱃속 아기와 친구가 되어줄래?
안 돼. 배수구는 안 돼.

'2005-11-15 04:18:39'

또 그림책 읽으러 가줄까?

'2005-11-30 01:01:00'
시간이네.

그 기록이 마지막이었다. 사흘 후, 히라모토 세이코는 직장에서 목을 맨다.

나는 부엌에 갔다. 빠른 걸음이었다. 벌컥벌컥 물을 마셨다.

히라모토 세이코도 히이 군을 봤다.

그녀는 발생원이 아니었다. 그녀가 죽기 전부터 히이 군이라는 괴물은 서점에 있었다. 우리가 상상한 것보다 훨씬, 오래전부터, 히이 군은 위험한 존재였던 게 아닐까?

다음 날 아침, 블로그를 읽은 감상평과 생각을 정리해 히시카와 씨에게 보냈다. 바로 답장이 왔다.

오카자키 하야토 선생님에게.

안녕하세요. 고단샤의 히시카와입니다.

감상평을 보내주셔서 감사합니다. 저도 히이 군이 관련되었을 가능성이 있는 괴담과 서점이 한꺼번에 불어난 느낌입니다. 동에서 서, 남에서 북까지 그의 생식 범위는 넓습니다.

문득 단순히 손님이나 직원의 왕래만으로 이만큼 전국 각지로 전염이 퍼질 수 있을지 궁금합니다. 저로서는 《《인간 실격》의 이동〉이나 〈아→웅〉 같은 책 배치와 관련된 이변 등도 히이 군의 장난으로 생각됩니다. 일종의 '장난'이라고 해야 할까요? 그러나 그렇게 따지자면 가게 조명이나 배경음악 등에 일어나는 사소한 이변도 그 탓일지 몰라 생각이 잘 정리되지 않습니다. 실제로 히이 군과는 명확하게 다른 외모와 특징의 유령이 목격된 괴담도 많잖아요. 모든 일을 히이 군과 연결해 혼동하지 않도록 주의해야겠습니다.

어쨌든 오카자키 선생님의 말씀대로 히이 군의 위험은 우리 예상을 초월하는 것 같습니다. 그가 품은 '서점'에 대한 원한은 상당히 강한 듯합니다. 다음 조사 방법도 생각해보겠습니다. 또 시간을 내서 서로 아이디어를 내봐요.

마지막으로 얼마 전에 도착한 메일들을 전송합니다.

모두 서점 직원이나 관계자가 보낸 메일은 아닙니다. 지금까지는 이런 메일은 전송하지 않았는데 오카자키 선생님에게 이 글을 쓸 정도로 계속 같은 메일이 온 게 이상하게 마음에 걸려 보냅니다. 기분을 상하게 해드렸다면 정말 죄송합니다.

〈메일 1〉 송신자 정보 없음

야, 비열하기 짝이 없네, 수전노, 졸부, 좀 벌레, 애를 빼앗겨 우는 다른 사람의 고통을, 음식에 초 치는 짓거리를 하려는, 꿍꿍이속이 싫고 마음에 들지 않아, 도저히 영 재미없어, 너희들 이름을 알고 있다? 힘으로 막아볼 테냐? 야! 너희 집 벨이 울린다.

〈메일 2〉 시라도서점 신주쿠 지점, 와다 이쿠미 씨

저희 서점에는 작은 모니터가 여러 개 설치되어 있습니다. 그중 하나, 평대에 놓인 모니터에 관한 이야기입니다. 지금, 그 평대에는 상을 받은 소설이 놓여 있습니다. 모니터에서는 그 책의 홍보 영상이 흐르고 있죠. 그런데 이따금 이상한 영상이 나옵니다. 남자가 등장합니다. 그는 크기도 길이도 제각각인 날붙이(식칼이나 커터 칼이나 망가진 가위 등)들을 고무줄로 묶어 다발로 만들어 가슴 앞에서 양손으로 움켜쥐고 있습니다. 그것을 핥거나 깊이 머금기도 합니다. 날붙이 다발에서 입이 떨어질 때마다 피와 혀의 살점이 뚝뚝 떨어집니다. 보통 소리는 죽여놓고 있는데 이 영상으로 바뀔 때만 "아파, 아파"라는 비명이 작은 스피커가 찢어질 정도로 흐릅니다. 다들 보고도 못 본 척하거나 알아차리지 못한 척하며 넘깁니다.

※시라도서점은 신주쿠에 지점이 없다.

〈메일 3〉 송신자 정보 없음

잘 들어요. 내가 자주 가는 서점에는 벌레가 많습니다. 벌레도 달팽이나 바퀴벌레처럼 큰 것만이 아니라 모기나 파리, 혹은 이름도 모르는 통통한 벌레가 상당히 많습니다.

얼마 전 선물용 책을 찾고 있었는데 들고 있던 책에서 이상한 냄새가 났습니다. 어쩌다 펼친 페이지에 뭔가 딱딱한 게 붙어 있어서 떼어냈습니다. 오른쪽 페이지에도 왼쪽 페이지에도 벌레 여러 마리가 완전히 뭉개져 붙어 있었습니다. 아마도 누군가가 벌레를 잡아 그 책에 끼워놓고 뭉갠 모양입니다. 기분이 나빠 물끄러미 보고 있었더니 벌레의 사체인지, 인쇄된 문자인지 모르겠더군요.

이따금 보러 가면 늘어나 있습니다. 친구를 데려갔는데 "네가 자는 방이 적혀 있어"라고 했습니다.

이 서점 말입니다. 꼭 취재해주세요.

※ 젠린사의 사택 지도 사진이 첨부되어 있다. 어떤 단지의 일각이다. 상당히 좁다. 서점 같은 곳은 없다. 빨간 동그라미가 그려진 건물이 있다. 스트리트 뷰로 조사하니 폐가였다. 자세히 보면 담 위로 얼굴을 내민 사람이 있다. 모자이크 처리되어 있는데 아마도 여성으로, 스트리트 뷰 카메라를 눈으로 좇고 있는 듯 보인다.

〈메일 4〉 송신자 정보 없음

진심 선의로 말하는 거라고요. 나는 다 알고 있어요. 이는 당신이 얼마나 모았는지 미끼를 뿌린 거라서 불러들인 것에 상응하는 위험한 짓을 하고 있어요. 당신을 구해줄게요.

※일반 전화 번호가 첨부되어 있다. 시외 국번은 홋카이도 것이

다. 번호를 검색하니 홋카이도 경찰서의 실종자 정보를 모으는 창
구였다.

「네. 사카오리신사입니다.」

"하루나 씨세요? 오카자키입니다."

「오카자키 선생님, 무슨 일이세요?」

"액막이굿 의뢰가 오면 소개하는 기도사가 있다고 하셨죠?"

「아, 네.」

"좀 알려주세요."

「아…… 알겠습니다.」

"감사합니다."

「몇 군데를 알려드릴게요. 직접 대화를 나눠보고 마음이 맞는 분
에게 의뢰하는 게 좋아요.」

"알겠습니다."

「목소리가 피곤한 것 같아요. 푹 쉬세요.」

"감사합니다."

한밤에 진동 소리에 눈을 뜬다. 늘 끼고 있는 귀마개와 눈가리개
를 빼니 테이블에서 스마트폰이 진동하고 있었다.

잠들기 전에는 언제나 수면 모드로 해놓고 있다. 착신이 수면을
방해하지 않도록 해놓은 것이다. 그런데 오늘만은 그 설정을 잊었

다. 드문 일이었다.

새벽 1시 18분.

화면에는 모르는 번호가 표시되어 있다. 망설여졌으나 일단 받았다. 여성의 목소리가 들려왔다.

「아, 저, 죄송해요. 비상식적인, 이상한 시간이라 안 하려고 했는데 죄송해요.」

당황한 목소리였으나 이야기는 계속되었다.

「저, 히시카와 씨에게도 걸었는데 받질 않아서. 그래서 명함을 보고 걸었어요. 죄송해요. 정말 있을 수 없는 일이죠. 죄송해요.」

"혹시…… 니노미야 씨인가요?"

바로 감이 왔다. 도쿄에서 만난 서점 직원 니노미야 씨다.

「아, 맞아요! 죄송해요. 이름도 안 밝히고. 니노미야예요. 오카자키 선생님이시죠? 죄송해요, 이렇게 늦게.」

"아닙니다. 괜찮습니다. 무슨 일이시죠?"

「아, 그게…… 아무것도 아니에요. 무슨 일이 일어난 건 전혀 아니에요.」

"네?"

「그냥, 다른 사람에게는 말하지 않은 거라, 그래서 아무한테도 말할 수 없어서, 친구에게도 어머니에게도 전화할 수 없었어요. 그래서…… 죄송해요…….」

콧물을 훌쩍이는 소리가 들렸다.

"신경 쓰지 마세요. 그런데 무슨 일인데요?"

「꿈…… 꿈을 꿨어요…….」

"꿈이요……? 어떤?"

「꿈…… 꿈에서.」하, 크게 숨을 내쉬며 말을 이었다. 「……저는 커다란 포장지에 싸여 있어요. 포장지라고 해야 하나…… 헌 신문지가 여러 장 감겨 있는, 무언가예요. 그게 축축하게 젖어 있어서…… 아주 무거운, 커다란 베개 같은 게…….」

다시 콧물 훌쩍이는 소리. 흔들리고 떨리는 목소리.

「저는 그걸…… 앞으로 안고…… 좌우로 천천히 흔들었어요. 마치…… 자장가를 부르며 아이를 재우듯…… 이따금 그게 떨려요. 부르르, 부르르. 커다란 꿀벌처럼……. 저는, 저는 그걸 보고…… '우리 아이 착하지'라고 말을 걸어요…….」

흑흑. 그녀가 오열한다. 따라서 내 호흡도 얕아졌다.

「그렇게 달래면서…… 저, 이름을 부르려고 했어요. 그런데…… 전혀 나오지 않아서…… 그래서, 어라, 이게 뭐였더라, 문득 생각하고…… 갑자기 기분이 나빠져서…… 그보다는 무서워져서…… 바닥에 놓고 방구석으로 도망쳤어요……. 문은 없었어요. 바닥도 벽도, 옛날 학교에 있던 체조 매트 같은 소재였고…… 정말 더러웠어요.」

후, 토해내는 그녀의 숨. 괴로운 듯 숨을 삼키는 소리.

「그때 그 포장지가 움직이기 시작했어요. 바닥을, 미끄러지듯,

스르륵……. 그리고…… 그리고 이상한 소리로 울었어요……. 그건 아마, 아마도 제 이름이었던 것 같아요……. 그래서 저는 더는 참을 수 없어서, 어떻게든 조용히 시켜야겠다고 생각해서…….」

그대로 그녀는 입을 다물어버렸다. 후, 후, 숨을 헐떡이는 소리만이 귓가에 들려온다.

"……니노미야 씨?"

「부드러웠어.」

"저기요?"

「죄송해요. 너무 무례했죠. 이젠 괜찮아요.」

딴 사람처럼 냉정한 목소리였다.

"아니, 괘념치 마세요. 그보다…….'

「괜찮습니다. 정말 폐를 끼쳤습니다. 실례할게요.」

전화가 끊어지고 말았다. 이후로 연락은 없었다.

〈운송회사〉 F 씨

벌써 25년도 더 된 이야기입니다.

당시 저는 도치기의 운송회사에서 일하며 책을 배본했습니다.

제 담당은 어떤 지역의 서점 여섯 개였습니다. 밤중에 트럭에 책을 싣고 각 서점에 배본합니다. 만에 하나 늦어서 오픈 시간에 맞추지 못하면 큰일이므로 신경을 많이 써야 했습니다.

또 예상하신 대로 책이나 잡지는 상당히 무거워서 몸도 고단합니다. 실제로 저도 6년쯤 일했을 때 허리를 다쳐 그만두고 말았습니다. 무엇보다 물류 업계는 사람의 들고 남이 격렬한 세계입니다.

그러던 겨울의 어느 날이었습니다. 새벽 1시에 창고를 출발했습니다. 차도 거의 다니지 않았죠. 심야 라디오를 들으면서 기분 좋게 트럭을 운전하고 있었습니다.

첫 번째 서점에 도착해 서점 뒷문에 트럭을 댑니다. 컨테이너를 열었을 때 앗 소리를 내고 말았습니다. 컨테이너 안에 강렬한 냄새가 가득했기 때문입니다. 정확하게 말하자면 똥 냄새였습니다.

처음에는 동물이 잘못 들어왔다고 생각했습니다. 잘못 들어와 똥을 쌌거나 죽어서 썩은 게 아닐까. 그러나 물론 짐을 쌓기 전의 컨테이너는 깨끗했습니다. 다 확인하거든요. 실제로 종이상자 몇 개를 내려서 안을 대충 살펴봤는데도 그런 흔적은 발견하지 못했습니다. 그리고 이상하게도 조금 지나니까 냄새는 옅어지더니 사라졌습니다.

결국은 아무리 조사해도 이물질을 찾지 못했습니다. 오물도 없고 냄새도 사라져서 어떤 다른 원인이었다고 생각할 수밖에 없었습니다. 나도 모르게 족제비를 쳤던 게 아닐까. 아니면 주위에 우연히 하수구 청소가 이루어지고 있었나…….

이상하다고 생각했으나 아직 일이 많이 남아 있었습니다. 짐을 다 내리고 다음 배송지로 향했습니다. 너무 추워서 히터를 세게 틀어도 몸속까지 흠칫흠칫했던 느낌이 생생합니다.

중간에 조그만 산을 통과하는 지름길이 있습니다. 나무로 뒤덮인 어둡고 습기가 많은 장소로, 그곳을 달리고 있을 때였습니다.

쿵!

뒤에서 큰 소리가 들렸습니다. 저는 뭔가를 쳤다고 생각하고 급히 브레이크를 밟았습니다. 라이트를 켠 채 차에서 내려 주위를 살폈습니다. 손전등을 들고 찾아봤으나 차체에는 아무런 변화가 없었습니다. 또 도로에도 뭔가 치인 흔적이 없었습니다.

남은 장소는 컨테이너뿐이었습니다. 혹시 짐이 무너졌나.

솔직히 조금 전의 일이 있어서 열어보는 게 조금 심란했습니다. 또 기묘한 일을 겪으면 싫을 것 같았거든요. 그러나 화물에 무슨 일이 생기면 안 되니 가만히 있을 수는 없었죠.

문손잡이로 손을 뻗었습니다. 차가운 손잡이에 손가락이 닿았을 때 콩콩콩, 안에서 노크 소리가 났습니다. 소름이 쫙 끼쳤습니다.

누군가를 가둔 채 달렸나. 그렇다면 구해줘야지. 그럴 리 없는데. 아까도 확인했다. 타고 있는 사람은 없는데. 사람이 아닐 거야.

재빨리 운전석으로 돌아왔습니다. 일단 어두운 임도에 있는 게 싫어서 서둘러 인적이 있는 곳까지 나갈 생각으로 액셀을 밟았습니다. 그 순간, 타박타박타박! 뒤에서 소리가 들렸습니다. 누군가가 컨테이너 안을 돌아다닌 듯했습니다. 아이 웃음소리 같은 것도 들렸습니다. 라디오 볼륨을 올리고 죽어라 트럭을 몰았습니다. 뒤에서 뭔가가 통통 뛰어다녔습니다.

다음 서점에 도착했을 때 주차장에서 점장을 발견했습니다. 무슨 작업이 있어서 서점에 남아 있었답니다. 저는 부끄러움이나 소문도 두려워하지 않고 컨테이너를 열 때 같이 있어달라고 부탁했습니다. 부끄러움보다 두려움이 훨씬 컸으니까요.

그가 보는 앞에서 컨테이너 문을 열었습니다. 이상한 건 보이지 않았습니다. 냄새도 없었습니다. 그러나 종이상자를 든 순간 그 뒤에서 냄새가 나고 시커먼 게 튀어나오지 않을까? 그런 상상이 한껏 부풀어 무서워 견딜 수 없었습니다. 이상한 일은 전혀 일어나지 않았습니다.

그다지 입에 담고 싶은 이야기가 아니었으나 딱 한 번 술자리에서 사장에게 말한 적이 있습니다. 그는 현장 운전사로 오래 일한 대선배입니다. "이따금 이상한 게 타고는 하지." 사장은 이렇게만 말했습니다.

〈심령 장소〉 유나미서점 야마가타 지점, U 씨

아르바이트할 때의 이야기입니다.

그곳은 교외에 있는 서점이었습니다. 우리 집에서 서점까지는 자전거로 5분 정도였던 것 같습니다. 책 판매와 함께 DVD나 CD, 만화도 대여하는 가게였죠.

당시 저는 대학교 1학년 학생이었습니다. 그곳에서 저보다 먼저 일하기 시작한 여자애와 알게 되었습니다. 그냥 A 씨라고 하겠습니다. A 씨는 저보다 한 살 위였지만, 나이가 비슷하기도 했고 여성이 거의 없는 직장이었던 터라 금방 친해졌습니다. 함께 근무할 때는 작업 중간에 자주 수다를 떨었죠.

연락처도 교환해 가끔 메시지를 주고받고 전화도 했습니다. 그러나 여름철이 되고부터 A 씨는 몸이 안 좋다며 쉬는 날이 많아졌습니다. '괜찮아?'라고 메시지를 보내면 '괜찮아~ 멘탈이 약간 무너졌을 뿐이야' 라는 답장이 왔죠.

얼마 후 그녀가 서점을 관뒀다는 사실을 점장에게 들어 알게 되었습니다. A 씨 본인에게는 한마디도 못 들어서 조금 충격을 받았습니다. 그날 밤, 밤 근무를 끝내고 집에 왔습니다. 목욕하고 나왔는데 탈의실에 놓아둔 휴대전화가 진동하고 있더라고요. 화면을 보니 A 씨였습니다. 알몸이었으나 서둘러 전화를 받았습니다.

「앗, 미안! 일하는 중이었어?」A 씨가 말했습니다.

이미 심야 12시를 넘긴 시간이었습니다. 서점은 11시면 문을 닫습니다.

"아니야. 집이야. 목욕하고 나오던 중." 제가 대답했습니다.

「아, 그런가?」A 씨가 말했습니다.

뭔가 들뜬 듯한 말투라 술이라도 마신 줄 알았습니다.

"어때? 그보다 몸은 괜찮아?" 내가 물었습니다.

「응. 기분 엄청나게 좋아.」A 씨가 대답했습니다.

"이상해." 나는 웃었습니다. A 씨도 웃으며 「이상하지?」라고 말했습니다. 저는 그나마 안심이 되어 "서점, 관뒀더라"라고 말했습니다.

A 씨는 「응, U와 못 만나게 되는 건 섭섭하지만」이라고 말했습니다. 그 말에 가슴이 갑자기 아팠습니다.

"진짜 섭섭해." 제가 말했습니다.

「있잖아, 미안해.」

그 목소리 뒤로, 호, 하는 목소리가 들렸습니다. 작게, 그러나 또렷하게 들렸습니다. 겨울에 숨을 내쉬는 듯한 소리였습니다.

"……누가 있어?"

「응? 아아, 심령 장소에 있어서 그래.」 A 씨가 별일 아니라는 듯 말했습니다.

"무슨 소리야?"

나는 목욕 수건을 집어 가슴 앞에서 끌어안았습니다. 알몸인 게 이상하게 싫어져 한쪽 손으로 빠르게 몸을 닦기 시작했습니다.

「U, 몰라? 유명한 심령 장소. 불행하게 죽은 아이 귀신이 잔뜩 나오는 걸로 유명해.」

"몰라. A 씨. 잘 모르겠지만 돌아오는 게 좋겠어. 혼자야?"

「혼자는 아니야. 그래서 정말 무서워.」

하하. 다시 목소리가 들렸습니다. 아주 톤이 높고 이상한 목소리였습니다.

"거기 어디야? 부탁이야. 얼른 돌아와."

「야마가타시 Y초 XXX…….」 그녀가 불러준 주소는 제가 사는 마을이었습니다. 익숙한 주소였죠. 그곳은 제가 일하는 서점 주소였거든요. 잠옷을 입던 손을 멈췄습니다.

"A 씨, 지금 서점에 있어?"

「계산대 밑에 숨어 있어.」

"어떻게 들어갔어?"

「화장실 창문인가?」

"얼른 나와……."

「약속했거든.」

"제발……."

「너무 큰 소리는 내지 말아줘. 들켜.」

"누구한테……?"

「아! 위험해. 이쪽으로 오나 봐.」

"있잖아……. 뭘 하고 있는 거야……. 제발 도망쳐……."

「아, 왔다. 무서워. 너무 무서워.」

"A 씨, A 씨!"

「무서워. 그렇지만 U에게 가면 미안하니까 이만 끊을게.」

"경찰 불러. A 씨."

「무서워. 무서워.」

여기서 전화가 끊어졌습니다. A 씨는 울고 있었고요.

저는 전화를 다시 걸려고 했는데 왠지 A 씨가 한 말이 마음에 걸려 행동에 옮기지 못했습니다. 사실은 경찰을 부를까, 아니면 서점에 상황을 살피러 갈까 하고 생각했습니다. 그러나 휴대전화를 탈의실에 놓아둔 채 침실에 있는 부모님에게 갔습니다. 그리고 놀란 두 사람 옆에 이불을 깔고 아침까지 숨어 있었습니다. 너무 지독하고, 잔인한 인간이죠. 지금도 그렇게 생각합니다.

그 후 직접 본 적은 없는데 A 씨는 이사했다고 합니다.

추신.

A 씨가 「들켜」라고 말해서 제가 "누구한테……?"라고 물었을 때 「……군」이라고 대답한 게 너무 마음에 걸립니다. 다만 그것이, 문의하신 '히이 군'인지는 자신이 없습니다.

〈파쇄 처리〉 요쓰마타상사, G 씨

팔리지 못한 책이 어떤 운명을 맞이하는지 아십니까?

서점에서 반품된 책은 출판사에 다시 보냅니다. 한동안 출판사 창고에 보관되어 있으나 그 창고 면적에는 한계가 있습니다. 그곳에서 필요 없어진 책은 '파쇄 처리'가 됩니다.

저는 이 파쇄 처리하는 공장에서 일하고 있습니다. 매일, 공장 창고에는 엄청난 수의 책이 실려옵니다. 정말 대단한 양이죠. 그것들을 거대한 절단기에 넣어 산산이 잘라냅니다. 공장에는 기계가 책을 분쇄하는 무시무시한 소리가 가득합니다.

이때 아주 가끔이기는 한데 이상한 소리가 섞여 들립니다.

누군가를 혼내는 소리나 갈채를 받는 소리, 황홀해하는 소리 같은 겁니다. 또 종잇조각이 된 종이 더미에서 기묘한 냄새가 날 때도 있습니다. 썩은 고기 같은 냄새일 때가 많습니다. 이 종잇조각들은 이후 제지 공장에서 다 녹여 화장실 휴지나 키친타월로 생산합니다.

나는 히시카와 씨에게 메일을 썼다. 소개받은 기도사의 연락처와 이번에 받은 괴담에 대한 의문점을 덧붙여.

그날 밤, 히시카와 씨가 전화를 걸어왔다. 개인 스마트폰으로. 페이스타임을 이용한 영상 통화였다. 이런 식으로 연락하는 건 처음이었다. 화면이 아주 시커멓다.

「안녕하세요. 히시카와입니다.」

목소리가 갈라져 있었다.

"안녕하세요. 그런데…… 화면이 너무 어두워요."

「어? 그래요?」

화면이 깜빡이더니 밝아졌다. 형광등을 켠 듯했다.

히시카와 씨의 얼굴이 가로로 긴 화면에 크게 드러났다. 머리카락이 푸석하고 벌건 얼굴 가운데 눈만이 번뜩이고 있었다.

"집이세요?" 내가 물었다.

「그렇습니다. 죄송해요. 꼴이 이래서.」

히시카와 씨가 고개를 숙인다. 그에 따라 카메라가 움직여 방이

들여다보았다. 아무래도 부엌에 서 있는 듯하다. 조리대에 놓인 밥솥 옆에 재킷이 아무렇게 놓여 있는 게 보였다. 분명히 니노미야 씨를 취재할 때 입었던 옷이다. 빈 위스키병도 보였다.

「메일, 감사했습니다.」히시카와 씨가 말했다.

"아닙니다. 저야말로. 그런데…….” 나는 메일에 적은 글을 다시 말했다. "어떻게 〈심령 장소〉 사연을 보낸 사람이 '히이 군'을 알고 있나요?”

「아, 다시 서점 전체에 알렸습니다. 아이 유령의 이름은 '히이 군'이라고. 그 이름을 알면 일단 연락 달라고요.」

히시카와 씨는 설핏 웃고 있다. 손에 땀이 뱄다. 미아를 호출한 셈이다.

그는 말을 이어 나갔다. 「이외에도 '사생활을 침해해온다', '몽유병 같은 증상에 시달린다', '죽고 싶다는 생각이 든다'라는 새로운 정보를 추가했습니다.」

침을 삼키고 대답했다. "그렇군요…….”

「알릴 상대를 넓혀봤습니다. 서점뿐만 아니라 관련 업계에도 나타날 수 있다는 생각이 들어서. 그래서 중개상과 운송회사, 기타 출판과 관련이 있는 다양한 기업에 문의했습니다.」

"고맙습니다. 하지만…….”

「오카자키 선생님은 어떻게 생각하세요?」

"……명확하게 히이 군을 연상시키는 에피소드가 있었죠."

「맞습니다! 무엇부터 말할까요? 아, 아무래도 〈심령 장소〉겠죠. 문제의 A 씨가 빠진 존재는 역시 히이 군이라 봐도 틀림이 없겠죠. 그녀가 말하기를…….」

"저기요! 히시카와 씨?"

「네?」

"눈이…….'' 내가 말했다.

가볍게 미소 짓고 있는 히시카와 씨의 한쪽 눈에서 눈물이 툭 떨어졌다.

「눈? 아…… 이거 왜 이러지?」

그는 더러운 수건을 얼굴에 댔다. 또 카메라가 움직여 그의 뒤에 있는 거실이 비쳤다. 빈 도시락 용기와 페트병이 어지럽게 흩어져 있었다.

"괜찮으세요?"

「네. 신경 쓰지 않으셔도 됩니다.」 히시카와 씨는 수건에 얼굴을 묻고 말했다.

"아내분은……? 아직도 친정에 계시나요?"

「네. 좀 싸워서요.」

"그러셨군요."

「네. 아이 같은 건 죽여버리겠다고 말하는 바람에.」

"네……?"

「왜 그런 말을 했을까요……. 하지만 참을 수가 없어서…….」

“저…….”

「아이 같은 거 만들지 말았어야…… 처음부터 필요 없었다……
만약 태어나면 가둬서 굶겨 죽이겠다고…….」

화면이 격렬하게 흔들리면서 동시에 충돌음이 났다. 스마트폰
이 바닥에 떨어졌다. 시커먼 화면 속, 히시카와 씨의 목소리가 울
렸다. 아주 낮은 목소리였다.

「왜 그런 말을 했을까…….」

뭔가 음료수 같은 걸 들이켜고 격렬하게 사레에 걸려 기침하는
소리.

“히시카와 씨?”

들러붙은 목구멍을 억지로 벌려 소리를 냈다.

“괜찮아요. 천천히 호흡하세요. 다 괜찮으니까.” 정말 괜찮을까.
속으로는 그렇게 생각하면서 다시 말했다. “괜찮아요.”

「목욕탕 바닥에…… 아이 발자국이 생겼습니다……. 한쪽 발만,
진흙투성이의…….」

할 말을 잃었다.

「어제…… 아니, 그저께일까. 옷을 벗고 욕실에 들어갔다가 발
견했습니다. 그냥 진흙인데 아무리 문질러도 지워지지 않고……
냄새가 지독해요.」

“그거…… 사진은…….”

「아, 찍었어야 했나……. 때마침 그때는 아내가 집에 와 있어서,

아내에게 보여주기 싫어서, 서둘러 문을 닫고 청소했습니다.」

뭐라고 할 말이 없었다.

「등을 잔뜩 구부리고 열심히 문질러 닦았는데…… 중간부터 기척이…… 틀림없이 뒤에 있었습니다.」

어렴풋이, 훌쩍이는 소리가 들려왔다.

「누군가 작은 머리를…… 엄청나게 세게 흔들어대고 있는…… 듯한 느낌이…….」

화면에 움직임이 있었다. 스마트폰을 주워 든 것이다. 충혈된 눈의 히시카와 씨가 싹싹하게 웃고 있다.

「죄송해요. 못 볼 꼴을 보여드려서…….」

"아닙니다……."

나는 압도되어 있었다. 그때 낮은 진동음이 났다.

「헉!」

히시카와 씨가 숨을 삼켰다. 자기 손목의 스마트워치를 겁먹은 표정으로 보고 있다.

"……괴담 메일인가요?"

「아마도…… 또 도착했네요.」

바로 말했다. "이 기획, 잠시 쉬어갈까요?"

「왜요……?」믿을 수 없다는 얼굴로 그가 이쪽을 보며 말했다.

"……히시카와 씨에게 부담이 너무 커요."

히시카와 씨가 당하고 있는 모든 괴이 현상에는 객관적인 증거가 부족하다. 그러나 어쨌든 그가 정신적으로 궁지에 몰려 있는 건 틀림없다.

「신경 써주서서 감사합니다. 그러나 이제 한 걸음 남았잖아요.」

"아니……."

어떻게 저런 말을 하지?

「꼭 완성하게 해주십시오. 수많은 분들의 도움을 받았습니다. 이런 좋은 기획을 내버리기에는 너무 아깝습니다.」

"그건 저도 마찬가지지만……."

「무엇보다…….」그가 입을 쭉 내밀었다.「진실을 알고 싶습니다. 알아야만 한다는 생각이 듭니다.」

이유도 없이 등줄기에 오한이 내달렸다. 설득할 기력도 시들어 버린다. 언쟁하고 싶지 않다. 좀 더 솔직히 말하자면 가까이 가고 싶지 않다.

"……그럼, 최대한 빨리 액막이를 받으세요. 메일로 연락처를 보냈으니까요."

「알겠습니다.」그는 한참 침묵을 지키고는 간신히 대답했다.「걱정해주서서 감사합니다.」

나는 고개를 숙이고 혼자 곰곰이 생각하고 싶다며 전화를 끊자고 했다.

소파에 앉아 이번 일을 정리한 메모와 괴담을 다시 읽었다.

실로 수많은 괴담이 히이 군과 연결되었을 가능성이 있었다. 전국 지도에 촘촘히 박힌 서점들을 히이 군이 거미줄처럼 연결하고 있는 이미지가 떠올랐다. 현실감이 점점 사라진다. 히시카와 씨가 메일에 쓴 대로 너무 활동 범위가 넓다.

다음 날도 소파에 앉아 괴담을 다시 읽었다. 이제 슬슬 소설화 작업 상황을 쓰쓰미 씨에게 보고해야만 했는데 영 손이 가지 않았다.

〈배본〉 원고를 읽다가 깨달았다. 정확하게 말하면 마지막에 첨부된 사진을 보고 알아차렸다. 혼자 움직인다는 종이상자를 찍은 사진이었다. 테이프로 봉해진 사진이 아니다. 열린 상자 안에 담긴 책이 보이는 사진이다.

뭐지? 어디서 비슷한 걸 본 기억이 있다.

나는 내 사진 앱을 뒤졌다. 컴퓨터도 샅샅이 찾아봤다. 책장도 조사했다. 메일과 SNS 등도 확인했다. 이거다 싶은 걸 전혀 찾지 못했고 기억도 나지 않았다.

저녁이 다 되어가고 있었다. 기분 전환 삼아 밥을 먹으러 밖으로 나왔다. 10월 22일. 낮에는 아직 덥지만 해가 지면 꽤 서늘해졌다. 조금 걷다가 집으로 돌아왔다.

히라모토 세이코의 블로그를 열었다.

이변 발생 이후가 아니다. 이전이다.

2005년 7월 3일에 올린 글.

그녀의 블로그가 변질되어버리기 직전에 쓴 글이다.

글 속에서 그녀는 카페에서 책을 읽고 있었다. 사진이 올라와 있다. 카페라테와 비스킷, 그리고 단행본. 그 단행본은 〈배본〉의 종이상자 안에도 있었다.

《오직 당신만 쓸 수 있는 이야기를 당신답게, 일상을 수필로 바꾸는 힌트》, 후쿠나가 마키가 쓴 이 책의 제목을 검색해 찾아본다. 출판된 시기는 1999년 11월. 이미 절판되었다. 출판사도 폐업했다. 후쿠나가 마키라는 수필가도 이미 10년도 전에 뇌출혈로 사망했다.

책 판매 사이트를 보고 놀란다. 왠지 기이할 정도로 웃돈이 붙어 있어 원래 가격보다 60배 정도에 거래되고 있었다. 그런데 이런 웃돈의 이유는 어디에도 없었다. 아무리 검색해도 이 책 자체를 화제로 삼은 건 전혀 찾을 수 없었다.

3장

—

흩어진 조각

오카자키 하야토 선생님에게.

안녕하세요. 사카오리신사의 하루나입니다.

벌써 10월도 끝을 향해 달려가고 있네요. 최대한 빨리 질문의 답을 적습니다.

다시 말하죠. 요리시로란 무엇인가? 그것은 성스러운 존재가 깃들어 있는 것입니다. 신이나 정령, 영혼 같은 눈에 보이지 않는 존재가 인간 앞에 나타날 때의 모습이죠. 그렇다면 어떤 게 요리시로가 될 수 있을까요? 결론부터 말하자면 모든 게 가능합니다.

거울이나 도검, 구슬, 그리고 지난번에 잠깐 말했는데요. 가마 같은 것도 있죠. 이것도 축제 때 신을 모시므로 요리시로라고 합니다. 또 패나 부적에는 하나하나에 신이 깃들어 있습니다. 그러니까 이 또한 어엿한 요리시로죠.

애당초 신사라는 신의 집이 세워지기 전에는 사람들은 거석이나 거목, 산이나 폭포 앞에서 기도를 올렸습니다. 장대한 자연물에 성스러운 존재가 깃든다고 느꼈기 때문입니다. 그러므로 자연물도 요리시로가 될 수 있죠.

물론 사람이 요리시로가 될 때도 있습니다. 무당이 신을 받아 신탁을 내리듯이요. 이때 트랜스 상태가 된 무당에게는 신이나 정령, 선조의 영혼이 머물게 됩니다. 이밖에 부뚜막이나 현관, 화장실에도 신이 있다고 하듯이 인간이 사는 집의 일부도 요리시로가 될 수 있죠. 나아가 쓰쿠모가미(付喪神)라는 말이 있는 것처럼 오래된 도구나 물건에도 영혼이 깃듭니다. 더는 사용하지 않는 붓이나 도장, 부채 등을 태워 공양하는 행동은 일본 특유의 문화입니다.

이처럼 어떤 것도 요리시로가 될 수 있습니다.

삼라만상에 영혼이 깃든다는 일본인의 정신을 생각하면 그게 오히려 자연스러운 답이겠죠. 다만 요리시로가 되기 쉬운 것과 어려운 것의 차이는 있습니다. 성스러운 존재가 깃들기 쉬운 것, 어려운 것의 차이겠죠. 실제로 요리시로로 선택된 것들을 보면 신앙의 대상이 되기 쉬운 것과 강한 생각이 담기기 쉬운 것, 그리고 시대를 넘어 내려온 것이 요리시로로 적합하다고 할 수 있습니다.

마지막으로 요리시로에는 무엇이 깃들까요?

이제까지 말씀드린 대로 요리시로에 깃드는 것은 신이나 정령, 영혼이라는 눈에 보이지 않는 무언가입니다. 그러나 그것은 우리

인간에게 언제나 좋은 존재라는 법은 없습니다. 이른바 재앙신이나 원혼이라고 불리는 존재가 있습니다. 쓰쿠모가미도 화를 불러올 때가 있습니다.

'산속에서 어린이 유골 발견' ××신문 온라인 2009년 5월 13일

효고현 A시의 산속에서, 어린이의 전두골과 넙다리뼈 등으로 추정되는 뼈가 발견되었다. 12일 오전 8시경, 산에서 산책하던 여성이 발견하고 신고했다고 한다. DNA 감정 등을 고려하면서 경찰은 사건과 사고 양쪽에서 조사하고 있다…….

'11년 전 시체 유기 사건으로 모친 체포, 내연남은 도주 중' ●● 신문 2010년 7월 1일

작년 5월에 효고현 A시 산속에서 아이의 시신이 발견된 사건에 관해 경찰은 시신이 예전 A시에 살았던 마토바 히사이치(당시 11세) 군이었다고 발표함과 동시에 어머니인 무직 여성 마토바 후미에(40)를 살인 및 시체 유기 혐의로 체포했다. 후미에는 내연남 고미야마 히사시(61)와 함께 오랫동안 히사이치 군을 학대한 것으로 보인다. 고미야마 히사시는 현재 도주 중이다…….

'고독한 감금사…… 효고·아동 인골 발견 사건의 어둠!' 주간△ △ 2010년 9월 8일 발매

……마토바 후미에는 열여덟의 나이에 히사이치 군을 출산했다. 미혼모였다. 그녀는 A시의 본가에서 살았는데 히사이치 군이 어렸을 때부터 육아를 방임해왔다. 가끔 히사이치 군의 육아를 아버지(히사이치 군의 친아버지)에게 맡기고 혼자 밤에 놀러 나간 적도 많았다고 한다.

히사이치 군이 아홉 살 때, 후미에는 고미야마 히사시와 내연 관계가 되었다. 얼마 후 아버지가 심근경색으로 사망했다. 어머니는 후미에가 어릴 때 병으로 세상을 떠났다. 후미에의 본가에 얹혀사는 형태가 된 고미야마 히사시는 그녀의 아버지가 운영하던 서점을 닫고 그 땅에 휴대전화 액세서리 가게를 열려고 했지만 실패한 듯 보인다.

후미에가 구치소에서 사망해 히사이치 군의 학대 정황은 거의 밝히지 못했다. 어쨌든 모든 일은 고미야마 히사시와 동거한 후에 벌어졌다. 학대는 고미야마 히사시가 앞장섰다. 그의 말을 따르지 않으면 자신도 폭력을 당했다고 후미에는 경찰에 진술했다. 학대는 점점 심해졌다고 한다. 결국 히사이치 군은 집 뒤편에 있는 창고에 보관했던 개 케이지에서 생활하게 되었던 것으로 밝혀졌다.

후미에와 고미야마 히사시 사이에 아이가 한 명 태어났다. 그 아이에 대한 학대는 확인되지 않고 있다.

히사이치 군은 가족과 떨어진 케이지 안에서 열한 살까지 살았다. 본채에 사는 가족과의 교류는 거의 끊어졌다고 한다. 하루에

한 번, 후미에가 식료품을 가져다줄 때 하는 "시간이야"라는 한마디가 그에게 주어진 유일한 말이었다. 사인은 저체온과 영양실조에 의한 쇠약으로 추정된다.

후미에는 화장실 휴지와 자기 머리카락을 삼켜 질식사한 탓에 더는 그녀로부터 사건의 전모를 들을 방법은 없다. 도주 중인 고미야마 히사시를 찾아내는 것이 시급하다.

'후쿠이 폐터널에서 남성 시체 발견, 도주 중인 남성일까?' ◎◎
신문 온라인 2011년 9월 7일

6일 새벽, 후쿠이현 B시의 산속 터널에서 남성 시체가 발견되었다. 이 터널은 예전에는 전철이 다녔는데 현재는 사용하지 않아 폐쇄된 상태였다. 담력 시험으로 터널을 찾은 대학생들이 시체를 발견했는데, 현장에는 남성이 생활한 흔적이 있었다고 한다. 경찰은 유류품을 통해 그 남성이 2009년에 발각된 살인 및 시체 유기 사건의 주범인 고미야마 히사시 용의자일 것으로 추정하고 DNA 감정을 의뢰한 상태다. 또 시체의 얼굴은 화상으로 뒤덮여 있었는데 아주 오래된 흉터라 생전에 생긴 것으로 추정된다…….

오카자키 하야토 선생님에게.

하루나입니다. 분명, 책은 보존과 전달을 위해 생긴 겁니다. 나를 잊지 않기를 바라는, 죽은 자와의 친화성이 높을 겁니다. 그 역사와 성스러운 성격을 고려했을 때 혼이 깃드는 요리시로로써 책은 매우 뛰어날 수 있습니다. 오카자키 선생님의 생각에 저도 동의합니다. 그러나 '그 책'은 아주 오래된 거잖아요? 이미 모든 서점에서 반품되어 자취를 감췄을 겁니다.

그런데 어떻게 아이의 영혼이 지금도 서점에 나타날까요?

《오직 당신만 쓸 수 있는 이야기를 당신답게, 일상을 수필로 바꾸는 힌트》는 다 합쳐도 200페이지가 안 되는 책이다. 출판 시기는 1999년, 출판사는 미카사연구북스. 이미 20년도 전에 폐업했다. TV 프로그램 기획으로 후쿠나가 마키라는 수필가가 모교에서 수필 쓰는 법을 가르친 과정을 책으로 엮은 것이다.

촬영지는 효고현의 한 시립 초등학교. 이 학교는 지금은 이미 다른 마을의 학교와 통합되어 없어졌다. 수필 쓰기를 배운 학생들은 3학년이다. 그들은 후쿠나가 마키가 가르쳐준 방법을 바탕으로 원고지 한 장에서 두 장 정도의 수필을 썼다. 후쿠나가 마키가 준 주제에 따라.

이 책에는 스물네 명의 아이들이 쓴 문장이 다 실려 있다.

예를 들어 동아리 활동을 쓴 아이가 있다. 반려동물에 관해 쓴 아이가 있다. 매일 식탁에 무엇이 오르는지 쓴 아이가 있다. 물론 다른 사람의 평가를 감당해야 하는 수필을 쓰는 일은 쉽지 않다. 단순한 일기의 영역을 넘어서는 건 어려운 일이다. 그러나 다들,

유치하면서도 그들 나름의 언어로 품은 생각을 수필로 형상화하고 있다.

또 현재 개인 정보를 다루는 방식에 따르면 생각하기 힘든 일인데 책에는 아이들의 실명도 실려 있다. 마토바 히사이치의 문장도 실려 있다. 당시, 그는 초등학교 3학년이었다.

프로그램 촬영은 1999년 가을에 이루어졌다. 촬영 직후 할아버지가 돌아가시고 어머니에게 내연남이 생겨 학대가 시작된다. 이윽고 그는 케이지에서 나올 수 없게 된다. 고독한 죽음의 길로 빠져든 것이다.

신문과 잡지 데이터베이스를 조사해봤는데 이 사건은 당시에도 그리 큰 기사가 되지 못했다. 범인이 둘 다 사망한 점, 실제로 범죄가 저질러진 때가 10년도 더 지났다는 점 때문이었을 것이다. 피해자가 쓴 수필이 책에 실렸던 과거가 있다는 것을 보도한 언론은 하나도 없었다. 그 점을 언급한 일반인의 목소리도 인터넷 검색으로는 찾지 못했다.

이는 좀 불가사의했다. 분명 책 출판은 1999년이다. 그리고 사건의 발각은 2010년경이다. 그때 책은 이미 절판된 상태였다. 전국의 거의 모든 서점에서 모습을 감췄을 것이다. 그래서 그 연관성을 알아차리는 사람이 없었다. 있었더라도 굳이 인터넷에서 지적할 사람은 없었을 것이다. 그렇게 생각할 수 있다. 그러나 인터넷 세계의 집단 지성이나 관련성을 찾아내는 강력한 힘을 고려하면 위화감이 남았다.

그런 상황인데 온라인 서점 등에서는 기이할 정도로 웃돈이 붙어 거래되는 것도 기이했다. 후쿠나가 마키의 작품 중에 절판된 책은 그 밖에도 많은데 이렇게 고가인 작품은 없다. 아주 일부 호사가들이 원하는 작품일까. 그러나 그 이유를 인터넷에서도 찾을 수 없었다. 이 책의 배경을 아는 극히 일부 인물이 왠지 숨을 죽이고, 입을 닫고 있는 듯한 이미지가 머리에 떠올랐다.

나는, 다음과 같이 생각하고 있다.

이 책이, 마토바 히사이치의 요리시로가 되었다고.

책은 수천 부, 혹은 수만 부가 인쇄되었다. 발매일에 전국 서점에 배포되었다.

대량의 책을 요리시로로 삼아 마토바 히사이치는 전국 수천 개의 서점에 나타났다. 동시에, 한꺼번에. 같은 신이 전국에 있는 수천 개의 신사에서 모셔지듯.

손님이나 점원을 따라 조금씩 증식해나간 건 아니었던 것이다.

실제로 앞으로도 서점에서 얼마나 마토바 히사이치의 유령이 보일지는 모르겠다. 다양한 조건이 겹치면서 목격된 서점도 있는 한편 전혀 목격되지 않은 서점도 있을 것이다. 입 찢어진 여자나 화장실의 하나코 씨처럼 사회 현상이 된 것도 아니라 목격되지 않은 서점이 훨씬 많을 것이다.

책은 얼마나 팔렸을까. 어쩌면 책을 산 사람의 집에서도 어떤 기묘한 일이 일어났을지 모른다. 끝내 의문스러운 자살이나 실종에 쫓긴 사람도 있었을 수 있다.

마침내 시간이 흘러 더 이상 팔릴 기미가 보이지 않게 되자, 책은 서점에서 반품된다.

반품된 책은 최종적으로 파쇄 처리된다. 이때 책에 붙어 있던 영혼들은 어떻게 되었을까. 〈파쇄 처리〉에서 그려졌듯 그곳에서 괴이가 일어났을 수도 있다. 이후 공장 주변을 떠돌았을까, 형태를 바꿔 다른 서식처를 찾았을까, 흩어졌을까, 그것도 모른다.

다만 영혼의 일부는 책에서 나와 서점에 머물렀다는 것이다. 그리고 지금도 괴이를 일으키고 있다. 나는 그렇게 생각하고 있다.

마지막으로, 그가 쓴 글을 싣겠다.
아이들에게 주어진 수필 주제는 '행복'이었다.

〈가게〉 마토바 히사이치

엄마는 언제나 일하느라 바빠서 나는 책을 읽는다.

가게인 펠리칸도는 늘 텅텅 비어 있다. 손님은 어쩌다 올 뿐이다. 나는 학교에서 돌아오면 계산대 안, 할아버지 뒤에서 할아버지

것보다 조금 작은 의자에 앉아 책을 읽는다. 할아버지는 말이 없는 옛날 사람이다. 거의 말하지 않는다. 달달한 과자를 좋아하는데 나한테는 안 주고 자기 혼자 아삭아삭 먹는다. 노려보면 무섭다.

그러나 가게 책을 읽는 건 허락해준다. 그림책이나 어린이용 책도 좋아하지만, 잡지나 소설을 가져와 계산대 안에서 읽는다. "너 같은 애는 어려워서 알지도 못할 텐데." 할아버지는 그렇게 말한다. 맞는 말이다. 읽을 수 없는 글자나 모르는 게 더 많다. 그러나 괜찮다.

나는 이따금 내 몸이 구멍투성이가 된 듯했다. 휭휭 차가운 바람이 통과해 추워서 견딜 수 없다. 특히 밤이 되면. 방에서, 혼자, 잠에서 깰 때가 있다. 이불 속에 있는데 추워서 견딜 수 없다.

엄마는 일하느라 없다. 할아버지는 떨어진 방에서 잔다. 할머니는 내가 태어나기 훨씬 전에 죽었다고 한다. 아버지는 모른다.

태어났을 때부터 나는, 히이 군은, 늘 혼자였다고 생각한다.

외롭다, 외롭다고 생각한다. 그렇지만 펠리칸도에 있을 때는 외롭지 않다. 여러 색깔의 책들이 잔뜩 있고 그것을 바라보고 고르고 읽을 때는 전혀 외롭지 않다.

나는 알아. 책에는 사람의 생명이 깃들어 있어.

가게 안에는 아직 읽지 못한 책이 많고 그 안에 사람이 하나씩 있어서 나랑 얘기해준다. 먼 나라의 사람이나 벌써 100년 전에 죽은 사람도 그곳에 있어서 놀랍다. 들어본 적도 없는 세계나 반대로 나밖에 모른다고 생각했던 비밀을, 이야기해준다. 그래서 전혀 외롭지 않다.

가게에 있으면 나는 어디에나 있을 수 있고 누구와도 떠들 수 있다. 나도 언젠가 이 가게를 물려받아 서점 주인이 되고 싶다.

「아, 안녕하세요. 오카자키 선생님…… 먼저 죄송합니다. 지난번에는 제가 너무 정신이 없었습니다.」

"무슨 말씀을 그렇게 하세요! 그보다 괜찮으세요?"

「네. 덕분에…….」

"히시카와 씨, 사무실이 아닌가요?"

「집 근처 호텔입니다. 주지 스님이 한동안 집에 돌아가지 말라고 했습니다.」

"아! 절에 가셨군요?"

「네. 그저께 수요일, 고베까지 갔습니다.」

"아, 그런가요? 혹시 오카야마 근교 사람들을 소개했나요? 멀리까지 가시게 해서 미안합니다."

「아니, 신경 쓰지 마십시오. 주택가 안의 작은 절이었습니다. 쉰 살 정도의 비구니라고 해야 할까요……. 여성인 주지 스님이 맞아주셨습니다. 본당에서 한 시간 정도 제 이야기를 들려드린 뒤 기도를 받았습니다.」

"어떤 이야기를 했나요?"

「이번 기획이나 히이 군의 일이요. 그리고 아내와 집 구조 정도일까요? ……솔직히 말하면 기도 중간에 졸고 말았어요.」

"네?"

「정신을 차리니 기도는 끝났고 주지 스님이 이온 음료를 내줬습니다. 대충 20~30분 정도였을까요. 그런데 어쩐지 여덟 시간쯤 잔 것 같았습니다.」

"그래서…… 액막이는 성공했나요?"

「잘되었다는 얘기를 들었습니다. 분명히 뿌연 검은 연기 같은 게 머리를 덮고 있었는데 그게 사라졌다고. 다만…….」

"다만?"

「부디 괴담 모집을 중단하라고 했습니다. 스스로 괴이를 불러 몸에 들일 것 같다면서요. 그리고 그 모집에 이용한 메일 주소를 없애라고 했습니다.」

"……죄송합니다. 위험한 일을 시켜서."

「말도 안 됩니다. 제가 스스로 한 일이었는데요……. 어쨌든 수집만 중단하면 괴이는 자연스레 가라앉을 거라고 했습니다.」

"그거 잘됐네요……."

「절과 기도사 연락처를 모리 씨와 니노미야 씨에게도 메일로 전달했습니다. 무슨 일이 있으면 이용하라고요. 이외에도 괴기 현상에 고민하는 분들이 있으면 전할까 합니다.」

"다행이네요. 이제야 안심했습니다."

「저야말로 정말 심려를 많이 끼쳤습니다. 무례한 언동도 있었을 겁니다.」

"무슨 말씀을!"

「그리고…… 히이 군 일인데…….」

"솔직히 어떻게 생각하세요?"

「보내주신 책 요약과 기사들, 오카자키 선생님의 생각을 정독했습니다. 그리고 저도 동의합니다. 그 책이 히이 군의 발생원이고 서점에 정착했다는 점은 충분히 이해할 만합니다.」

"아, 그래요?"

「다만…… 그 책에서 마토바 히사이치가 쓴 글은 아주 소량에 불과하잖아요?」

"네. 기껏해야 두 페이지 정도였죠."

「그 정도의 소량인데도 뭔가가 깃들 수 있다면…… 무언가가 깃든 다른 책도 있고 어떤 일이 일어나고 있는 서점이 더 있다고 생각하는 편이 자연스러울 것 같습니다.」

"실제로 전국 서점에서는 많은 괴이가 일어나고 있는 것 같으니까요."

「히이 군 외에도 동시에 발생하고 있는 공통의 괴이가 있을 수 있습니다.」

"책에 깃든 무언가가 일으키는 일일 수 있다?"

「예전에 서점은 성역이었다고 알려주셨죠. 지금도 충분히 성역이라고 생각합니다.」

"동감입니다."

「오카자키 선생님은 이번 경위를 책에 넣으려면 어떤 형태가 가장 어울린다고 생각하세요?」

"……첫 번째는 완전히 논픽션의 기록물처럼 쓰는 방법이 있겠죠. 조사 과정도 히이 군 사건의 정황도 그대로 실명으로 기록한다, 요컨대 다 진실이라고 표명하는 방법이죠."

「네. 르포르타주 형식이겠죠.」

"두 번째는 페이크 다큐멘터리라는 '체제'를 갖춥니다. 사건과 진실의 본질, 메커니즘을 살린 채 특정되기 쉬운 부분만 추상화하죠. 가공의 디테일과 고유명사를 바꿔 그리는 겁니다. 그리고 어디까지나 창작물이라는 형식으로."

「저도 그 두 가지 패턴을 생각했습니다. 오카자키 선생님은 어떻게 쓰고 싶으세요?」

"개인적으로 재미있을 것 같은 건…… 후자입니다. 역시 창작의 여지가 있는 게 즐겁게 쓸 수 있으니까요."

「알겠습니다. 저도 페이크 다큐멘터리 쪽이 오카자키 선생님의 능력이 발휘될 것 같다는 생각이 듭니다. 그게 현실의 진실이 갖는 힘과 두려움을 유지하면서도 픽션의 가벼움과 의외성을 더해서 재미가 배가되겠죠. 무엇보다 상품으로서 훨씬 널리 받아들여질 테니까요.」

"그렇다면 일단 후자 쪽으로 생각해볼까요?"

「그러죠. 잘 부탁드립니다.」

"정리하는 데 시간이 걸릴 텐데. ……읽어주시겠습니까?"

「물론이죠. 무슨 일이 있으면 또 바로 기도사에게 연락할 테니까요.」히시카와 씨는 웃으며 말했다.

나도 따라 웃고는 물었다. "이 책, 안전할까요?"

「추상화한다고는 해도…… 괴이의 핵심을 다시 그린 거니까요.」

"또 그를 세상에 확산하는 일이 될 수도 있어요."

「반대로 그를 위한 진혼일 수도 있죠.」

"그렇게 되면 좋겠습니다만."

「어느 쪽이든 저는 이 책을 출판하고 싶습니다.」

"업보가 깊어질 이야기네요. 저도 마찬가지입니다."

「정말 최선을 다해주서서 감사합니다.」

화면 밖에서 거품이 터지는 소리가 들렸다. 작은, 아주 작은 소리였다. 다음 순간 갑자기 화면이 흔들리더니 캄캄해졌다.

"히시카와 씨?" 나는 그의 이름을 불렀다.

다음에 화면이 밝아졌을 때 화면 각도가 바뀌어 있었다. 아이패드의 위치를 움직인 모양이다.

화면에는 아까까지 보이지 않았던 거대한 침대가 비쳤다. 침대의 시트가 흐트러져 있었다. 또 베개가 두 개였다. 베개 주위에는 요란한 색의 소품들이 있었다. 그리고 침대 옆 벽에는 거대한 거울이 붙어 있었다.

히시카와 씨의 모습은 없다. 그러나 카메라 바로 옆에서 헉헉거리는 거친 숨소리가 들렸다.

아주 작게, 다시 거품 터지는 소리가 났다. 그 소리가 듣기에 따라서는 누군가의, 어린 누군가의 웃음소리처럼 들릴 수도 있었다.

바닥을 쿵쿵 울리는 듯한 거친 발소리가 멀어졌다. 화면 밖에서 어딘가의 문이 열린 듯했다. 그 소리가 조금씩 커지더니, 곧장 샤워 소리에 묻혀 사라졌다. 수도꼭지를 완전히 연 것 같은 격렬한 소리였다.

"……히시카와 씨?"

내 목소리는 갈라져 있었다. 직후 엄청난 호통 소리가 들렸다.

「발가락 하나라도 내놓지 말라고 했지!」

스피커가 찢어질 것만 같았다. 틀림없이 히시카와 씨의 목소리였다.

조용해졌다. 문이 닫히는 소리가 들렸다. 발소리가 다시 다가왔다. 발소리는 화면 밖, 카메라 바로 옆에서 멈췄다.

왠지 내 입에서 이런 말이 나왔다. "누구세요?"

화면 끝에서, 천천히, 천천히, 이쪽을 똑바로 보는 히시카와 씨의 얼굴이 들어왔다.

순간, 나가기 버튼을 눌렀다.

나흘 후, 모르는 주소로 메일이 도착했다. 히시카와 씨였다.

도메인은 고단샤였는데 @ 마크 앞쪽이 약간 달랐다.

메일에는 괴담 모집 중단을 정식으로 알렸다고 적혀 있었다. 판매부 쪽에서도 각 서점에 알릴 예정이란다. 실제로 SNS에 모집 중단을 알리는 글이 올라온 걸 봤다. 또 주소도 회사에서 새로 받았다고 한다. 괴담 모집에 사용했던 옛날 계정은 한동안 삭제하지 않고 남겨둔다고 한다. 그러나 히시카와 씨의 컴퓨터와 스마트폰에는 동기화하지 않았다는 것. 그러므로 앞으로 만에 하나 그 주소로 뭔가가 도착해도 고단샤 메일 서버에 보관할 뿐 히시카와 씨가 직접 서버에 연결하지 않는 한 그에게는 도착하지 않는다고 했다. 메일 내용은 이런 알림과 앞으로의 원고 제작 일정이었다.

회의 마지막에 일어났던 일은 전혀 언급하지 않았다. 내게는 그 부분을 캐물을 기력이 없었다. 정말 잔혹하고, 무책임한 행동일지 모른다. 그렇지만 솔직히 더는 생각하고 싶지 않았다.

어쨌든, 어찌 되었든, 문은 닫혔다.

괴담은 이제 도착하지 않는다. 이대로 모든 게 끝날 것이다. 가슴을 쓸어내렸다.

이제 괜찮다.

책장 위에서 머리카락을 뽑으러 오는 게 있습니다. / 서점 안에 같은 얼굴을 한 여자가 동시에 둘 이상 있을 때가 있다. / 서점 영업을 끝내고 문을 잠그기 전 마지막으로 점검하고 있는데 통로에 문고판 한 권이 떨어져 있는 걸 발견했습니다. 그곳은 주간지 코너여서 이상하다고 여기며 주워서 문고판 책장 쪽으로 가져갔습니다. 책장에 꽂기 전, 별생각 없이 책을 펼쳐봤습니다. 왜 그런 짓을 했는지 모르겠습니다. 마치 눅눅한 흙에 오랫동안 방치된 돌을 뒤집은 느낌이었습니다. 이름도 모르는 벌레들이 일제히 흩어지듯 작은 글자들이 재빨리 움직였습니다. / 서점 앞에만 비가 내릴 때가 있다. / 우리 서점에는 예전에 카페 체인점이 들어왔었습니다. 책을 사기 전에 그곳에서 책을 읽을 수 있고 반대로 책을 사면 카페 할인권을 받을 수 있어서 호평을 받았습니다. 그러나 그 카페는 2년도 안 되어 문을 닫았고, 지금은 썰렁한 공간이 되었습니다. 선배 직원이 몰래 알려주었습니다. 그 카페 주인이 미쳤다고. 책장에서 주인을 향해 똑바로 바라보며 쓱 다가오는 외발 여자 때문에 고통받았다고요. 자기 집에 있을 때도 복도 안쪽에서 다가오는 것 같았다고 했대요. / "지금, 있어요." 카운터 안에서 옆 계산대에 서 있는 여성 스태프가 앞을 본 채 속삭였다. 그녀에게는 영감이 있는 듯했다. 나는 오컬트를 좋아해서 전부터 뭔가 느끼면 알려달라고 부탁했다. 때마침 손님이 없어서 저는 흥분하며 서점을 둘러봤다. "어디?" "여기요." "여기?" "여기라고요." 그녀는 작은 목소리로 말했다. 나는 그녀의 옆얼굴을 바라봤다. 그녀는 앞을 보고 말했다. "우리 사이에요. 목소리가 커서 지금 뚫어지게 그쪽을 보고 있어요." / 우리 사무실에는 번듯한 제단이 있습니다. 그곳에는 10년 전 주간지가 모셔져 있었습니다. ○○사가 당시 내놓았던 ○○○○입니다. 스태프들은 그 이유를 몰랐습니다. 그날 밤, 계산대 돈이 맞지 않아서 점장과 둘이 남아 두 시간 정도 작업한 적이 있습니다. 너무 피곤했는데 간신히 계산이 맞아 드디어 돌아가겠다 싶었는데 점장이 말했습니다. 그 주간지에는 이 근처 고속도로에서 일어난 추돌 사고의 사진이 실려 있다, 고. 그리고 그 사진의, 완전히 찌그러진 경차 안에서, 이따금, 정말 이따금, 여자 얼굴을 볼 수 있어. 유리가 깨진 창문의 일그러진 프레임 안쪽에서. 그 얼굴, 무서워. 지금도 그렇게 말하던 당시 점장의 웃는 얼굴이 생생합니다. / 여러 해 전, 체험 학습으로 온 근처 초등학생들이 공황 발작을 일으켰다고 합니다. 이 사람, 선생님 아니라고, 무섭다며. / 카메라가 달린 휴대전화가 보급되기 시작할 무렵, 이른바 디지털 절도가 많이 발생했습니다. 페이지 촬영을 금지하는 전단을 붙였으나 좀처럼 그 매너는 정착되지 않았습니다. 서점 안에서 셔터 소리가 들리면 그곳으로 달려가 책에 휴대전화를 대고 있는 사람에게 주의를 주었고, 그런 일은 날마다 늘어나기만 했죠. 물론 촬영자로 보이는 사람을 찾지 못할 때도 있었습니다. 그날도 찰칵 소리가 났습니다. 바로 반대편 책장에서 들려 뛰어갔는데 고등학생 정도의 소년이 유행하는 머리 스타일이 잔뜩 실린 잡지에 휴대전화를 대고 있었습니다. 주의를 주자, 부루퉁하게 잡지를 책장에 돌려놓았습니다. 데이터 삭제를 부탁하니 골 난 표정으로 말도 없이 휴대전화를 조작하기 시작했습니다. 내가 보는 데서 조작해 사진 폴더에 있는 사진을 삭제하게 했습니다. 검은 머리의 헤어 모델이 찍힌 사진이었습니다. 소년은 끝까지 한마디도 하지 않았고요. 그로부터 3주 정도 지났을 즈음 거의 서점의 마감 시간이 다 되었을 때 "죄송합니다……"라는 불안한 목소리가 들렸습니다. 그 소년이었습니다. 낯빛이 지독하게 나쁘더군요. 소년은 휴대전화를 열어 사진 폴더를 보여줬습니다. 그러자 분명히 그때 지운 그 사진이 거기에 있었습니다. "아까, 집을 나오기 전에 지웠는데 역시……." 소년이 말했습니다. 이 모델, 이렇게 눈의 초점이 빗나가 있었나, 입이 이렇게 비뚤어져 있었나, 나는 그 사진을 보면서 생각했습니다. 이미 그 잡지는 신간이 발행되어 이전 호는 반품했기 때문에 확인할 도리는 없었습니다. 소년은 입술을 떨면서 말했습니다. "이 사람이 집에 온단 말이에요." / 계산대 안 쓰레기통에 종종 똑같은 인형이 들어 있다. 데생용 목제 인형이다. 서점에서 파는 상품은 아니다. 다른 쓰레기와 마찬가지로 쓰레기봉투에 담겨 버려져 있는데 몇 개월에 한 번씩 쓰레기통에 들어와 있다. "누가 버렸지?" 직원들 사이에서도 화제가 되었다. 아무도 나서는 사람은 없었다. 어떤 이유로 대량으로 산 사람이 가끔 여기에 버리나. 아니면 도대체 왜 똑같은 인형이 반복해서 나타날까. 확인해보기로 마음먹은 남자 직원 하나가 그 인형의 등에 유성 펜으로 별 모양을 그렸다. 몇 개월 뒤에 쓰레기통 바닥에 그 인형이 놓여 있는 걸 그 직원이 발견했다. 그는 눈물까지 글썽이며 미소를 짓고 일을 그만두고 싶다고 말했다. / 원래 1층 여성용 화장실에는 거울이 두 개 있었습니다. 손을 씻는 곳에 설치된 커다란 거울과 그 반대편 벽에 붙어 있던 세로로 긴 전신 거울입니다. 그러나 이 전신 거울은 3년쯤 전에 떼어 버렸습니다. 이따금 거울 속 자기 움직임이 한 박자 느리거나 눈의 초점이 이상해지기도 하고 밖으로 나오려고 했기 때문입니다. / 한때 쌓아놓은 책들의 표지에 물방울이 떨어지는 일이 이어졌다. 손님에게 "머리로 물이 떨어졌다"라는 민원을 받기도 했다. 그런데 업자를 불러 아무리 조사해도 누수나 배관 파손은 발견할 수 없었다. 그런데도 같은 일이 반년 가까이 이어졌다. 결국 이유는 알 수 없었다. 다만 그 무렵 딱 한 번 서점으로 전화가 온 적이 있다. 그 사람은 여성인지 남성인지 구별할 수 없는 목소리로 말했다. "천장에 붙어 있는 사람이 있어." / 아르바이트를 시작하고 아직 일주일도 안 되었을 무렵이다. 서점 한가운데서 절규하는 이상한 사람이 있었다. 모두 보고도 못 본 척했다. 자세히 보니 그 사람은 귀에서 피를 흘리고 있었다. 말을 걸려 했는데 옆에 있던 직원이 내 셔츠 깃을 붙잡으면서 "하지 마!"라고 말했다. 정신을 차리고 보니 절규는 멈췄고 그 사람도 없어졌다. 이따금 그 사람을 역이나 대학교에서 본다. / 우리 집 근처 서점에서 나오는 손님이 가끔 피범벅인 것처럼 보일 때가 있다. / 연휴 마지막 밤, 문 닫기 직전의 서점은 텅 비어 있었다. 갑자기 입구의 인체 감지 센서가 울렸다. 삐삐……. 어서 오세요……. 아무도 없는데 말이다. 그러자 뮤직비디오를 틀어놓은 TV가 지직…… 잡음을 내기 시작했다. 바로 소리가 끊어지고 화면이 시커멓게 변했다. 너무나 조용한 서점 안, 견딜 수 없었던 나는 옆에 있던 점장에게 가벼운 수다라도 떨려고 입을 열었다. 점장은 천장을 보고 있었다. 입을 쩍 벌리고 눈을 동그랗게 뜨고 있었다. 그 시선을 따라간 곳에 이제까지 경험하지 못한 악몽이 있을 듯해 보지 않았다. 내 신발을 봤다. "엄마아." 점장의 목소리가 들렸다. 몇 초인지, 몇 분이었는지 모르겠는데 뮤직비디오가 다시 흐르기 시작했다. 커플로 보이는 손님이 들어와 점장에게 상품이 있는지를 물었다. 점장은 평범하게 대답했다. / 우리 서점의 직원 휴게실에는 냉장고가 있으나 거의 사용하지 않습니다. 안에 음식물을 넣으면 쓰레기가 섞이기 때문입니다. 옛날에 아직 따지 않은 물 페트병을 넣은 적이 있는데 휴식 시간에 마셨더니 입에 이물감이 느껴졌습니다. 뱉어보니 잘라진 사람 손톱이 보였습니다. / 문구 매장에는 테스트용으로 조그만 백지를 놓는데 그건 대체로 제조사 영업 사원이 상품과 함께 가져옵니다. 한때 그 종이에 누군가의 휴대전화 번호가 적혀 있는 장난이 이어졌습니다. 종이를 찢어버려도 또 새로운 종이에 적혀 있습니다. 늘 같은 번호였습니다. 필체가 어려서 어린애, 아니면 중학생 정도의 장난이라고 생각했습니다. 만에 하나 자기 번호를 적은 거라면 더 위험한 일이었습니다. 선배 중에 또래 딸을 가진 여성분이 있어서 그 장난에 화를 내면서도 걱정도 했습니다. 범인을 찾아 주의를 주겠다며 의식적으로 감지했죠. 그런데 아무리 신경을 써도 그 번호를 쓰는 사람을 찾을 수 없었습니다. 그런데도 매일 번호가 적혀 있었습니다. 종이를 찢는다, 그러면 그날 안으로 번호가 적히는 식이었습니다. 정말 이상했죠. 그렇지만 매일 너무 바빠서 그것만 생각할 여유는 없었습니다. 어느 날, 선배가 말을 걸어왔습니다. 선배의 낯빛이 며칠간 너무 안 좋았습니다. "실은 전화했어…… 그 번호로." 놀라서 이유를 묻자, 상대에게 "괴롭힘을 당하고 있을 수 있으니, 부모님이나 선생님과 상의해요"라고 알리고 싶었다고 합니다. 선배는 자기 휴대전화로 걸었다고 했습니다. 몇 번호출음이 울리고 상대가 받았습니다. 아니, 상대가 전화를 받은 건 알겠는데 상대는 아무 말도 하지 않았습니다. 대신 수화기 저 멀리에서 덜컹덜컹…… 화물 열차가 산속을 달리는 듯한 소리가 들렸다고 합니다. 수상스러웠으나 "여보세요?"라고 말을 걸었는데 멀리서 기적 소리가 들렸습니다. "저기요, 저는 ○○서점에서 일하는 사람입니다. 실은 당신 전화번호가 늘 문구 코너에 적혀 있어서……." 이렇게 경위를 설명하기 시작했답니다. "아아…… 엉엉……." 전화 바로 옆에서 들려왔답니다. 남성이 목 놓아 우는 목소리와 마르고 찬 바람 소리가 섞인 듯한 소리였다고 합니다. 너무 으스스한 나머지 선배가 얼어붙어 있는데 덜컹덜컹…… 열차 소리가 점점 다가왔다고 합니다. 그리고 귀에 대고 있던 휴대전화가 부르르 떨리는 듯한 느낌이 들었대요. 마치 자신이 선로에 누워 있는 듯한 느낌이었답니다. 더 높고 가는 목소리로 "아아…… 엉엉……" 소리가 들렸습니다. 간신히 귀에서 휴대전화를 떼고 통화 종료 버튼을 눌렀습니다. 바로 전화가 걸려왔답니다. 그 번호로요. 그녀는 너무 경솔한 짓을 했다고 후회하며 전원을 껐습니다. 지금도 테스트용 종이에는 이따금 그 번호가 적혀 있습니다. / 천장에 ○○ 씨가 숨어 있다. 위에서 탐색하고 있다. 상냥해 보이는 사람이 오면 납치한다. / 패장 무사의 유령이 나옵니다. / 유령을 본다는 친구가 있다. 보여도 모르는 척하는 게 최선이라고 한다. 걔가 서점 아르바이트를 했을 때 그곳에 인간이 아닌 존재가 섞여 있었다고 한다. 이쪽을 보고 있어서 친구가 못 본 척했더니 잠시 후 사라졌다고 한다. 아르바이트를 끝내고 편의점에 들렀는데 뒷사람을 위해 문을 열어줬더니 "봐! 보이잖아!"라고 외쳤다고 한다. 그 후 이사할 때까지 여러 번 봤다고 한다. / ○○ 지점은 묘하게 종이 얼룩이 많다. 책 단면에 잔뜩 묻어 있을 때도 있다. 게다가 자세히 보면 알 수 있는데…… 사람의 얼굴을 하고 있다. 이 이야기를 듣기만 해도 당신의 집 책장에도 생기니까 조심하기를 바란다. / 서점이 해주는 건강 검진으로 폐 X선 촬영을 했는데 오른쪽 폐에 사람의 상반신처럼 보이는 그림자가 찍혀 있었다. / 선배에게 들은 이야기입니다. 5년쯤 전 가을 일입니다. 계절에 어울리지 않게 태풍이 찾아왔다고 합니다. 늦은 저녁 시간대,

평소라면 퇴근길 손님으로 북적여야 했는데 강한 비바람에 손님은 아주 적었습니다. 갑자기 정전되었다고 하더군요. 조명이 다 나가자, 서점 안은 바로 어두컴컴해졌습니다. 꺅! 구석에서 비명이 터졌다고 합니다. 달려가보니 여성 한 명이 통로 한가운데 주저앉아 있었습니다. 여성은 "어두운 책장 사이에서 아이가 달려와 내 허리에 매달렸어요"라고 말했습니다. 그러나 아무리 서점을 뒤져봐도 아이는 찾을 수 없었습니다. / 저희 서점에는 가끔 인간인 척하는 사람이 옵니다. 구별하는 방법은 5엔짜리 동전 구멍으로 들여다보는 겁니다. 그러면 아주 작은 살색 입자가 모여 덩어리를 이루고 있음을 알 수 있습니다. 그 사람이 걸은 자리에는 입자가 툭툭 떨어져 있습니다. 그냥 두면 그걸 먹는 해충이 오니까 청소합니다. 6월과 9월에 특히 많습니다. / 도매상이 보낸 책을 벌레가 하룻밤 사이에 다 파먹은 적이 있다. / 여자 탈의실 벽에 지폐가 붙어 있는데 그게 때로 흔들리고 너울댄다. 다들 보고도 못 본 척하는데 한 신입 직원이 갑자기 벽으로 다가가 지폐를 들췄다. 지폐 뒷면에 검은 벌레가 다닥다닥 붙어 서로를 먹어 치우고 있었다. 다들 비명을 질렀다. / 이것은 점장에게 들은 이야기입니다. 어느 날 밤, 서점 문을 닫고 매장의 소등과 계산대 마감 등의 작업을 모두 끝낸 다음 점장은 혼자 사무실에 남아 본사 보고를 위해 매출 내역을 정리하고 있었답니다. 작업을 끝내고 퇴근하려는데 매장 쪽에서 소곤소곤 사람들이 얘기를 나누는 소리가 들렸다고 합니다. 매장으로 이어지는 문을 열자,

당연히 모든 불은 꺼져 있었습니다. 귀를 기울였으나 아무 소리도 들리지 않았고요. 잘못 들었다고 생각했죠. 문을 닫으려는데 또 소곤거리는 소리가 들렸습니다. 점장은 어둠 속에 아주, 아주 희미한 빛이 어렴풋하게 떠 있음을 깨달았다고 합니다. 점장은 의아해하면서 그쪽으로 갔습니다. 가까이 가서야 그것이 평대에 놓인 태블릿임을 알았습니다. 점장은 안심했습니다. 아마 누군가가 전원을 끄는 걸 까먹었나 보구나. 그러나 마지막으로 매장을 살핀 사람이 자신이라는 걸 떠올렸습니다. 아까 빠뜨렸나? 늘 조심했는데……. 아, 어쨌든 얼른 끄고 퇴근하자. 그렇게 생각하고 태블릿으로 손을 뻗으려는 순간 화면에 나오고 있는 영상이 늘 틀어두는 홍보 영상이 아님을 깨달았다고 합니다. 동굴 같은 장소가 나오고 있었습니다. 등 뒤에서는 휭휭…… 얇고 부드러운 널빤지를 흔들어 공기를 진동시키는 듯한 소리가 불규칙적으로 울렸다고 합니다. 그래도 화면은 어두워서 열심히 응시하지 않으면 뭐가 나오는지 알 수 없었습니다. 아무래도 거기에는 몇 명, 아니, 10여 명 정도의 사람이 있는 듯했습니다. 남녀 성별은 모르겠다고 했습니다. 그 불길한 장소에도 밝은 곳과 어두운 곳의 명암이 있어서 어두운 곳에는 더 많은 사람이 몰려 있었을지도 모르겠습니다. 그들은 살짝 고개를 숙이고 우두커니 서 있었답니다. 때로 머리에 경련을 일으켰답니다. 그리고 이따금 중얼거렸고요. 점장은 그 목소리를 들으려고 태블릿의 볼륨을 최대한 올리면서 자신이 어떻게 불도 안 켜고 여기까지 걸어왔는지 생각했답니다. / 기면증 치료를 시작했습니다. 최근 일하다가도 잠들어버린 적이 있습니다. 그리고 정신을 차리면 후배가 옆에서 울 듯한 얼굴로 나를 보고 있습니다. 손등에 흐르는 피를 발견했습니다. 입술이 찢어진 겁니다. 얼마 전 "이제 좀 용서해주세요……"라며 후배가 눈물을 흘렸습니다. / 너무, 너무 잘 들려. 집에 있는 게 싫고 무서워서 인터넷 카페로 도망쳤는데. 웃음소리. 그 웃음소리. 어디. 어디야? 이 방 안이야. 컴퓨터 책상 아래? 아니, 그 옆의 내 여행 가방……? 그 직후 여행 가방 안에서 들리는 커다란 웃음소리. 그리고 그 말. / 코가 부러진 남자를 못 보셨어요? 제가 계산대에 있으면 서점 안쪽, 책장과 책장 사이, 통로 너머에서 가만히 이쪽을 보는 남자가 있습니다. 그 남자는 코가 크게 왼쪽으로 휘어 있습니다. 그렇게 몇 시간씩 저를 봅니다. 딱 한 번, 상사가 남자에게 주의를 준 적이 있습니다. 남자가 나를 본 채 상사에게 뭐라고 하는 게 보였습니다. 이후 상사는 나를 무시하기 시작했습니다. / 화장실에 음식을 버리는 사람이 있다. 우동부터 과일, 달걀말이 같은 게 변기에 버려져 있다. 그래서 화장실에 전단을 붙였다. '이곳에 잔반을 버리지 말아주세요. ○○ 경찰서에 이미 신고했습니다. CCTV 영상도 제출했습니다.' 그러자 컴퓨터로 작성한 듯 깨끗한 글씨로 이렇게 적어놓았다. '아리무라 님, 이건 공물입니다. 모두의 안전을 기원하는 겁니다. 황송하게 여기세요.' 아리무라는 그 전단을 붙인 직원 이름이다. / 니노미야입니da. 저라는 사람이 문자를 보내도 제가 아닙니다. 답장, 답장, 하지 마세요. / 이따금 서점에 오는 손님인데 투명한 아이의 손을 잡고 오는 여성입니다. 자기 손을 뒤로 돌려 아무것도 없는 허공을 살짝 쥐고 천천히 걸어옵니다. 아동서 코너 앞에서 "봐, 코끼리야"라거나 "누르면 소리가 나"라거나 허공에 대고 말을 겁니다. 이를 본 다른 손님이 놀라거나 두려운 표정을 짓죠. 반대로 안됐다는 눈빛을 보내기도 합니다. 우리 직원도 주의를 줄 방법이 없어서 못 본 척합니다. 어느 날, 휠체어를 탄 손님이 불평했습니다. 다목적 화장실을 장시간 점령한 사람이 있다고. 그래서 화장실에 가니 안에서 소리가 들렸습니다. 익숙한 목소리였죠. 그 여성의 목소리였습니다. 여성의 목소리는 아주 다정했습니다. "있잖아, 너무 좋아서 그래." "오락가락하는 것도, 아는 척하는 것도 다 좋아해서야." 압도되어 한동안 말을 걸어야 한다는 걸 잊고 있었습니다. 그러나 어떻게든 정신을 부여잡고 노크하려고 했습니다. 주먹이 문에 닿는 순간, 문이 확 열렸습니다. 험악한 표정의 여성이 나를 노려보고 있었습니다. 마치 문 앞에서 내 노크를 기다렸다는 듯이. / 저는 책을 사면 반드시 뜨거운 물로 소독합니다. 이때 갑자기 말하거나 대량의 나방을 내뿜는 책이 있습니다. 세면실 불빛에 책을 비쳐 볼 때도 있습니다. 그리고 소금을 뿌려 무거운 돌을 얹어 놓고 며칠간 둡니다. 그러곤 맑은 물로 씻습니다. 그 후 다시 무거운 돌을 얹어 말린 후 달빛을 쬐어야 끝입니다. 하는 게 좋습니다. 책이 멋대로 발화해 집에 화재가 일어나 다리가 안 좋은 어머니가 죽을 수도 있으니까요. 당신에게 분명히 말했습니다. / 계산대를 열면 이따금 동전을 놓는 자리에 이상한 게 섞여 있다. 어제는 분명 내 할머니의 뼈. / 우리 서점에는 전단 할머니라고 불리는 유명한 사람이 있습니다. 노숙자일 겁니다. 허리가 너무 굽어서 볼 때마다 놀랍니다. 그녀는 직접 만든 전단을 더러운 종이봉투에 잔뜩 넣고 서점 앞 도로에서 손님들에게 나눠줍니다. 기분 좋은 일은 아니라 받는 사람은 거의 없습니다. 전에는 서점 안에서 나눠줬습니다. 점장이 주의를 줬는데 그만두질 않아서 경찰에 신고했습니다. 이후 서점 밖에서 나눠주고 있다는 겁니다. 부지 밖에서 하는 일이라 점장도 뭐라고 하기 힘든 상황이었죠. 딱 한 번, 도로에 버려진 전단을 주워 읽은 적이 있습니다. 각진, 읽기 힘든 필체의 글씨가 기묘한 형태로 늘어서 있었습니다. '……를 돌려줘.' '……줬는데 모른 척.' 복사한 게 아니라 직접 쓴 것이었습니다. 작은 글자는 젖어 번져서 읽을 수 없었습니다. 모든 전단을 직접 썼다고? 소름이 끼쳐 전단을 버리고 집에 왔습니다. 할머니는 가끔 서점에도 들어왔습니다. 점장에게 발견되어 쫓겨날 때까지 바닥이나 벽을 더러운 손으로 계속 만집니다. 그럴 때 저는 일개 아르바이트 직원이라 못 본 척, 알아채지 못한 척합니다. 그런데 얼마 전 힐끔 할머니의 옆얼굴을 보고 말았습니다. 울고 있었어요. 할머니는 비가 오는 날에도 너덜너덜한 비옷을 뒤집어쓰고 연석에 등을 구부리고 앉아 있습니다. 사람이 오면 비틀비틀 일어나 전단을 내밉니다. 받는 사람은 없습니다. 점장이 매니저에게 하는 말을 들은 적이 있습니다. "저 할머니, 센다이에서 흘러왔대. 서점 여기저기를 찾아다닌다네. 벌써 20년 가까이 저러고 있다는 거야." 지난 두 달 동안, 그 할머니를 보지 못했습니다. 이미 때늦은 얘기지만, 말을 걸어볼 걸 그랬습니다. / 서점 구석에서 꼼짝도 하지 않는 여성 손님이 있었습니다. 조금 앞의 바닥을 가만히 바라보고 있습니다. 너무 오랫동안 그러고 있어서 다른 작업을 하는 척하며 말을 걸려고 다가가는데 "제대로 물어봐"라는 소리가 들렸습니다. 너무 기분이 안 좋아 말 걸기를 포기했습니다. / 우리 서점 바닥은 타일입니다. 이유는 모릅니다. / 정기적으로 오는 한 여성이 어린이관(만화나 아동서를 모은 별관) 벽에 대고 세 번 손뼉을 치고 절을 한 다음 돌아간다. 옛날에는 불을 붙인 향을 올리려고 해서 주의를 줬다. 이후에는 도향(분말 형태의 향)을 몸에 바르는 모양인지 그 사람이 서점에 있으면 향기로 알 수 있다. / 액막이는 전혀 효과가 없습니다. / ○○문고, ○○○○의 책이 재고와 맞지 않는다. 한 권 늘었다. 내지를 보면 20년도 더 된 책이 섞여 있다. 어디서 왔지? / 안에 들어갔을 때 10엔 동전을 혀에 올렸을 때와 같은 맛이 나면 위험하다. 가게나 그 사람 집에서 나오는 게 좋고 전철이나 버스라면 내려야 한다. 친구는 이 말을 믿지 않아서 한쪽 발을 잃었다. / 2층 화장실에서 나오기로 유명하다. 옛날 그곳에서 손목을 그은 손님이 있다. 그 사람은 죽지 않았다. 그런데도 여전히 천장에서 그 사람의 피가 떨어진다. 특히 비가 오는 날. / 계단 층계참에서 여자 유령이 나온다고 한다. 언제나 화가 난 얼굴로 층계참 구석에 서 있단다. 때로 미소를 지으면서 특정인을 가리킨다. 그 사람이 화장실에서 토하는 모습을 본 직원이 있다. 같은 여자가 고가 아래에 나온다는 이야기도 있다. 다만 그쪽은 얼굴이 화상으로 엉망이란다. / 나는 자기 전에 침대에서 책을 읽습니다. 천장 조명은 끄고 낮은 테이블에 놓아둔 간접 조명에 의지해 읽습니다. 이 간접 조명에 타이머 기능이 있어서 잠들어도 괜찮습니다. 저는 이 독서 시간을 하루에서 얼마 안 되는 편안한 시간이라 정말 좋아합니다. 침대는 방의 한쪽 벽면에 딱 붙여놓았습니다. 똑바로 누워 책을 읽으면 팔이 아파서 대체로 벽을 보고 읽습니다. 그러면 빛이 책을 비춰서 간접 조명의 약한 빛으로도 글자를 읽을 수 있습니다. 벽에는 책과 옆으로 누운 제 그림자가 어렴풋하게 떠올라 있죠. 어느 날 밤, 우리 서점에서 산 신간 소설을 읽고 있는데 간접 조명이 뚝 꺼졌습니다. 조명을 켜고 겨우 5분 정도밖에 지나지 않았기 때문에 타이머 설정에 걸린 건 아니었습니다. 이상하다고 생각하면서도 조금 더 책을 읽고 싶어서 다시 간접 조명을 켰습니다. 타이머도 60분으로 다시 설정했고요. 다시 벽을 보고 책을 읽기 시작해 그 세계에 빠져들었습니다. 펼친 페이지를 다 읽고 다음 페이지로 넘어가려고 할 때 알아차렸습니다. 벽에 나 말고 또 다른 그림자가 드리워져 있음을. 그 희미한 그림자는 마치 침대 옆에 무릎을 대고 나를 내려다보고 있는 듯 보였습니다. 심장이 멈출 것 같고 숨을 쉬기가 힘들었습니다. 돌아보고 싶었으나 너무 무서워 그럴 수 없었습니다. 눈을 감는 것도 무서워서 모르는 척 같은 페이지를 펼친 채 글을 읽는 시늉을 했습니다. 그러자, 벽의 그림자가 점점 짙어졌습니다. 윤곽이 또렷해졌죠. 얼굴을 쑥 내미는 듯했습니다. 그래서 비명을 지르며 돌아보니 아무도 없었습니다. 지금은 더는 간접 조명을 사용하지 않습니다. 침대에서 책을 읽는 일도 그만뒀습니다. / 휴식 시간이라 사무실 쪽으로 들어갔더니 선배가 저를 불렀습니다. 선배는 CCTV 모니터를 보고 있었습니다. "이 여자, 내내 서점 안을 빙빙 돌고 있어. 오른쪽으로만." 선배가 가리킨 곳에 머리가 길고 키가 큰 여성이 찍혀 있었습니다. 여성은 벽에 늘어선 책장에 한 손을 대고 천천히 한 걸음씩 걸었습니다. 마치 눈을 감고 더듬거리며 나아가는 것처럼 보였습니다. "내내 이러고 있어요?" 물어봤더니 "네 시간 전에 모니터를 봤을 때도 있었어"라고 선배가 말했습니다. 조금 이상했습니다. 저는 조금 전까지 매장에 있었는데 이런 여성을 보지 못했거든요. 분명히 눈에 띄었을 텐데. 그날 밤, 아르바이트를 마치고 자전거로 돌아오는 도중, 길 저 너머에 나란히 늘어선 집 담벼락에 손을 대고 천천히 걷는 여자를 봤습니다. 서둘러 유턴해 멀리 돌아 집에 갔습니다. / 우리 계열의 ○○ 지점은 과거 최악의 백화점 화재 중 하나인 ○○백화점 자리에 세워졌습니다. 문을 닫고 야근하고 있으면 어디선가 타는 냄새가 나거나 벽을 두드리는 소리가 들릴 때가 있다고 합니다. / 언제나 서점에 오면 늘 불이 켜져 있다. 끄고 갔는데. / 옛날

사옥에서 유령을 봤다는 사람이 정말 많다. / 옛날, 삼촌 집 책장에
는 움직이는 책이 섞여 있었다고 합니다. 아침에 보면 밤과는 다른
순서로 꽂혀 있다는 겁니다. 한 번은 꽂힌 책 제목의 머리글자만 따
서 읽어봤답니다. 다음 날, 고서점을 불러서 다 팔았다고 하네요. /
지하 쓰레기장에 가려고 승강기를 탔습니다. 그런데 왠지 불이 켜
지지 않았습니다. 시커먼 어둠이라 무서웠는데 어쩔 수 없어서 스
마트폰으로 비추면서 버튼을 조작했습니다. 문이 닫히고 승강기가
내려가기 시작했습니다. 그때 갑자기 손에 들고 있던 쓰레기봉투
속에서 바스락, 바스락 소리가 났습니다. 비명을 지르며 바닥에 내
던졌습니다. 바퀴벌레라고 생각했는데 그런 것치고는 컸습니다. 그
렇다면 쥐? 그러나 그보다 더 큰 것 같았습니다. 땡 소리가 나며 문
이 열렸습니다. 지하는 밝아 빛이 들어왔습니다. 쓰레기장은 승강
기 바로 옆입니다. 너무 싫었으나 용기를 내어 쓰레기봉투를 집고
쓰레기장까지 달려갔습니다. 쓰레기봉투를 묶은 틈으로 뭔가가 손
가락을 뻗어 손목을 잡고 기어오르면 어쩌지? 너무 무서웠습니다.
쓰레기장에 봉투를 내던졌습니다. 그리고 거친 숨을 가다듬으며 승
강기로 돌아왔습니다. 그러자 승강기 안에는 조명이 환하게 켜져
있었습니다. 이상했죠. 그러나 정말 안심이 되었습니다. 1층으로 올
라가는 버튼을 눌렀습니다. 문이 열립니다. 등 뒤에서 소리가 났습
니다. 돌아보니 분명히 버린 쓰레기봉투가 있었습니다. 소리를 내
며 좌우로 흔들리고 있었습니다. 이유도 없이, 지금, 승강기가 고장

나서 이 봉투와 함께 어둠 속에 갇히는 게 아닐까, 하는 공포에 사로 잡혔습니다. 비명을 지르면서 열림 버튼을 계속 눌러댔던 기억이 납니다. 간신히 1층에 도착해 사무실까지 뛰어왔습니다. 내 눈물을 보고 다른 직원이 승강기를 보러 갔는데 아무것도 없었다고 합니다. / 살려줘. 사 온 책이 마음대로 움직이고 있다. 책장에 넣은 책이 거실에 있기도 하고 화장실에 있을 때도 있다. 어머니는 "네가 갖다 놓고 잊었겠지"라며 웃었다. 절대 그렇지 않다. 그래서 방에 스마트폰을 놓고 학교에 갔다. 녹화 버튼을 눌러두고. 돌아와서 재생했다. 이불 속에서 봤다. 청소기를 든 어머니가 방에 들어와 청소하고 나갔다. 이번에는 빈손으로 들어와 내 책장 앞에 섰다. 가만히 책장을 바라보며 한참 우두커니 서 있더니 갑자기 카메라 쪽으로 몸을 돌리고 입을 뻐끔거렸다. 왈왈, 왈왈왈. 개 짖는 소리를 냈다. / 서점에 자주 오는 소녀가 있었습니다. 열대여섯 정도일까요. 늘어진 운동복 차림으로 뿌리가 검게 올라온 금발을 고무줄로 묶고 있었습니다. 오후 7시나 8시쯤부터 문을 닫는 10시 정도까지 거의 매일 밤 왔습니다. 늘 잡지 코너에서 서서 읽었죠. 얌전하게 읽기만 하면 괜찮은데 그녀는 잡지를 너무 거칠게 다뤘습니다. 어느 날 밤, 그녀가 다 읽은 잡지를 쌓아둔 잡지에 던지듯 돌려놓는 걸 봤습니다. 때마침 근처에 있던 저는 참지 못하고 주의를 줬습니다. "늘 와주는 건 고마운데 책은 살살 다뤄주세요." 그녀는 화끈 달아오른 얼굴을 돌리고 서점을 나갔습니다. 이후로 그녀는 오지 않았죠. 반년쯤 지났을 때일까요, 근처 공영 단지에서 어머니와 딸이 동반 자살하는 사건이 발생했습니다. 그녀와 그 어머니였습니다. 어머니와 단둘이 살았다네요. 어머니는 정신적으로 매우 불안정했답니다. 낮에는 처방받은 약과 술을 마시고 몽롱한 상태에서 난동을 부리고 밤에는 미팅 사이트에서 만난 남성들을 집으로 불러들였다는 겁니다. 그리고 결국은 소녀가 잠든 아침, 가스 밸브를 열었답니다. 저는 뭐라고 표현할 수 없는 심정이었습니다. 그다음 날 밤. 문을 닫고 마지막 정리를 하고 있을 때였습니다. 잡지 코너에 그녀가 있었습니다. 그녀는 쌓여 있는 반짝이는 여성 패션 잡지를 보면서 멍하니 서 있었습니다. 저도 모르게 비명을 지를 뻔했습니다. 그러나 참았습니다. 어쩐지 그래야 한다고 생각했습니다. 저는 그녀에게 다가갔습니다. "힘들었지?" 입에서 이런 말이 나왔습니다. 그녀는 이쪽을 보고 고개를 저었습니다. 눈을 깜박이는 사이 사라졌습니다. 이후 그녀의 모습은 보지 못했습니다. / 곧 들릴 벨은 내가 울린 거랍니다. 그러니까 경계하지 마시고 열어주세요. / 제가 아르바이트를 시작한 곳은 지하의 소규모 서점입니다. 문을 연 지 40년 가까이 되었죠. 저도 어릴 때 어머니를 따라갔던 추억의 장소입니다. 반년쯤 전부터 저와 비슷한 나이의 여성(저는 마흔세 살입니다)이 왔습니다. 여성은 늘 파란 니트 모자를 쓴 일흔 정도의 남성과 함께 왔습니다. 어딘가 비슷한 걸로 보아 부녀겠죠. 여성이 책을 고르는 모습을 아버지는 조금 떨어진 곳에서 가만히 지켜봅니다. 둘은 한 달에 한두 번 정도

왔습니다. 괜스레 두 사람의 모습을 보면 미소가 지어졌습니다. 여성의 나이가 나랑 비슷해서 저 혼자 감동했답니다. 어느 날, 여성이 도서 상품권을 샀습니다. 1,000엔짜리 다섯 장이요. 계산한 후 여성은 아버지와 가게를 나갔습니다. 그런데 그 직후 저는 제 발밑에 1,000엔짜리 도서 상품권 한 장이 떨어진 걸 발견했습니다. 너무 놀랐죠. 바로 상품권을 주워 쫓아갔습니다. 주차장을 둘러보니 자전거 주차장 쪽에 여성이 있었습니다. 스쿠터 옆에서 헬멧을 쓰고 있었습니다. 말을 걸고 확인했는데 상품권 매수에 부족함은 없었습니다. 아무래도 제가 상품권을 넣어두는 파일에서 한 장을 더 꺼내다가 떨어뜨린 모양입니다. 안심하면서 시간을 빼앗아 죄송하다고 사과했습니다. 여성은 미소를 지으며 신경 쓰지 말라고 했습니다. 그런데 문득, 아버지가 보이지 않는다는 걸 깨달았습니다. 그보다 그녀가 차가 아니라 스쿠터로 왔다면 아버지는 어떻게 왔을까요. 대화하면 편안해지기도 해서 그녀에게 물어봤습니다. 그녀의 얼굴이 흐려졌습니다. "저는 혼자예요." 그렇게 말했습니다. 깜짝 놀랐습니다. 이제까지 늘 남성과 왔었다고 말하자, "언제나 혼자였어요"라고 굳은 얼굴로 대답했습니다. 어머, 그럼 그 사람은 누구지? 의아한 마음이 가슴을 가득 채웠습니다. 그녀도 겁을 먹고 말았습니다. 저는 그 사람의 특징을 설명했습니다. 나이, 생김새, 복장……. 니트 모자를 이야기했을 때 "앗!" 하고 그녀가 낮게 소리를 질렀습니다. "할아버지……?"라고 말했습니다. 어릴 때 그녀의 부모님은 이혼했다고 합니다. 그녀는 어머니가 데려갔고 이후 할아버지가 자주 돌봐줬다는 겁니다. 할아버지가 운전하는 경트럭으로 이 서점에도 자주 왔었답니다. 그 후 그녀는 열여덟이 되기 전에 이 마을을 떠났습니다. 그녀는 울면서 말했습니다. "나, 이 마을을 떠나기 전에 할아버지, 할아버지에게 심한 말을 했어요." 할아버지는 그녀가 이 마을을 떠나고 바로 돌아가셨다고 합니다. 할아버지의 임종을 지키지도 못했고요. 반년 전 이혼하고 다시 이 마을로 돌아올 때까지 그녀는 한 번도 이 마을을 찾지 않았다고 합니다. "분명히 나를 원망할 거야." 그녀는 괴로워하며 내장을 토해내듯 말했습니다. 저는 말했습니다. "할아버님, 늘 웃고 계셨어요." 그는 그녀가 책을 고르는 모습을, 조금 떨어진 곳에서 보고 있었습니다. 언제나 싱글싱글, 다정한 미소로. "당신을 또 만나서 기뻐하셨을 거예요." 그녀는 콧물을 훌쩍이면서 발밑을 바라봤습니다. 이윽고 코 막힌 소리로 말했습니다. "그 니트 모자……. 내가 가정 시간에 짜서 준 거예요." / "죄송합니다……. 이거…… 돌려드릴게요." 제품을 진열하고 있던 제게 머리를 깨끗이 민 중학교 1학년쯤 되는 남자아이가 와서 말했습니다. 그는 떨면서 커다란 종이봉투 두 개를 제게 내밀었습니다. "이건?"이라고 묻자 "……훔쳤어요"라고 말했습니다. 종이봉투 안을 확인하자 유명한 주간 소년 만화 잡지가 담겨 있었습니다. 약 마흔 권 정도였을까요. 이상하게도 모두 똑같은 표지였습니다. 지금으로부터 약 1년 이상 전, 작년 여름에 발간된, 같은 호가 마흔 권 담겨 있었습니다. 그는 말을 더듬거리면서 말했습니다. "훔치라고……
훔치라고 시켰어요. 동생에게……." 서점 한쪽에서 자세한 사정을
들었습니다. "녀석, 녀석은 늘 우리를 따라다니며 귀찮게 하고……
친구가 보는데 창피해서……. '훔쳐오면 같이 놀게 해줄게'라고 했
어요……. 그랬더니 녀석은 정말 여기서……." 그는 얼굴을 닦았습
니다. "동생은 훔친 다음 서둘러 도망치려고 했을 거예요. 그러다
자전거를 잘못 조작해서…… 자, 자동차 도로로 나가는 바람에…….
이후로 그 책이 제 책상에 놓여 있어요. 그런데 늘어나요. 지금도 계
속요. 동생은……." 그는 얼굴을 손으로 가리고는 울었다. "경찰을
불러주세요……. 저를 체포해주세요……. 미안, 미안해. 아아, 미
안해……."

에필로그

12월에 들어가자마자 히시카와 씨가 휴직했다는 소식을 그의 상사에게 들었다.

그의 상사는 애써 오카야마까지 발걸음해주었다. 불과 얼마 전까지만 해도 반소매를 입고 있었던 게 거짓말인 것처럼, 쌀쌀한 날의 저녁이었다. 그는 수없이 고개를 숙이면서 갑작스러운 무례를 사과했다. 휴직 이유는 적응 장애라고 알려줬다. 안정되면 오카자키 선생님에게 사과하고 싶다고 히시카와 씨 본인도 거듭거듭 말했다고 알려줬다.

히시카와 씨가 없는 동안, 그가 대신 담당을 맡겠다고 했다.

보여달라고 해서 원고를 보여줬다. 이미 특정 요소나 고유명사를 가리고 페이크 다큐멘터리 형식을 갖춰놓았다. 그러자 몇 부분만 더 특정되지 않도록 추상화해달라는 요구를 받았다.

그리하여 출판하기에 이르렀다. 히시카와 씨도 기뻐했다고 한다. 나는 과자 선물을 들고 신사와 서점에 감사 인사를 하러 갔다.

당분간 서점엔 못 갈지도……

　여기 고군분투하는 한 중년 작가가 있다. 오랜 슬럼프 끝에 두 번째 소설을 내고 전업 작가를 꿈꾸는 주인공(?) 오카자키 하야토는 얼른 세 번째 작품을 내고 싶다. 그러나 매번 제출한 기획안이 족족 거절당하고 있던 차에 사인회로 방문한 서점에서 직원에게 기묘한 이야기를 듣는다. 서점에 이상한 게 있다는 손님의 제안으로 여기저기에 부정을 씻어내는 소금을 놓고 있다는 것이다.

　번뜩 아이디어가 떠오른다. 신작이 잔뜩 쌓여 있고 대낮처럼 환한 서점을 배경으로 한 호러 소설! 고서점이라면 몇 편 있겠으나 신간 서점은 신선하지 않을까? 구체적인 기획이나 줄거리가 있는 것도 아니다. 그저 아무도 내놓지 않은 소재라는 점에서 끌렸다. 입사 3년째인 담당 편집자 히시카와는 처음에는 떨떠름한 반응을 보였으나 그의 열정에 전국 서점을 대상으로 괴담을 모아보기로 한다. 초조함이 빚어낸 엉뚱한 기획이 과연 성공할 수 있을까?

　일단 작품 소개인지, 진짜 작가의 이야기인지 헷갈린다. 소설 속 주인공의 이름이 바로 작가 본인의 이름이기 때문이다. 스무 살의 나이에 메피스토상을 받아 출판계의 유망주로 평가되었으나 18년간의 긴 슬럼프를 거쳐 두 번째 작품을 끝내자마자 이 작품을 발표했다는 점, 고향인 오카야마에서 디자이너 회사에 근무하고 지금도 그곳에서 활동하고 있다는 점에서 실제 작가와 빼닮아 있다. 여기서부터 허구와 진실이 마구 뒤섞인다.

　신간 서점에서 일하는 직원들에게 괴담을 모집해 그걸 다시 손을 봐 괴담집을 만든다는 기획의 시작은 책을 기획하고 완성해가는 과정을 살펴볼 수 있다는 점에서 또 다른 신선함을 주었다. 중간, 중간 모인 괴담이 소개될 때는 독자도 기획자의 심정으로 이야기의 질을 하나씩 평가해볼 수 있다. 이 많은 괴담 중에 독자의 간담을 서늘케 하는 이야기가 한두 개쯤은 있을 것이다.

　그런데 중반 이후 모여든 괴담에 어린아이 목소리, 자꾸만 풀리는 앞치마 끈, 악취, 벌레의 출현, 실종되는 사람들 같은 일정한 패턴이 등장하면서 서서히 어떤 괴이가 모습을 드러낸다. 여기에 기묘한 일에 휘말리며 광기에 가까운 행동을 보이는 편집자와 서점 직원들의 모습이 그려지는데 역시 실화인지 허구인지 헷갈린다. 친숙하고 가장 합리적으로 보이는 신간 서점에 불길한 공기가 스며드는 순간이다. 그리고 흩어진 조각으로만 보였던 응모 괴담들이 하나의 형태를 이룰 때 참혹한 삶을 살아야 했던 원혼의 목소리가 우리 귓가에 조그맣게 속삭인다.

촛불을 켜놓고 도란도란 괴담을 나누고 그 괴담을 묶어 책으로 만드는 백물어 괴담집의 전통을 이으면서도 그 중심에 모든 이야기를 관통하는 비극을 놓음으로써 공포와 미스터리적 요소를 두루 갖추었다. 또 왜 하필 서점인가? 왜 책인가? 이에 대한 답으로 역사적, 민속학적인 고찰도 곁들여 독자들의 지적 호기심을 채워주고 있다.

새로운 재능을 갖춘 신예로 평가받았으나 18년이라는 처절한 슬럼프에 빠져야 했던 작가는 그동안 200권에 달하는 호러 작품을 섭렵하며 이번 작품을 구상했다고 한다(2025년 8월 《주간 포스트》 인터뷰에서). 오랜 기다림과 준비 끝에 완성한 호러는 현실에 깊게 뿌리를 내린, 그래서 더 무섭고 끈질기게 일상에 파고든다. 잠들기 직전 잠시 책을 펼칠 때, 대형 서점의 책장 사이를 둘러보고 다닐 때, 진열대에 놓인 책들을 별생각 없이 바라볼 때, 그 괴이는 당신의 뒤에서, 혹은 책장 너머나 진열대 밑에서 조용히 숨죽이고 있을지 모른다. 당신이 자신을 알아봐주길, 자신의 이야기를 듣고 영원히 기억하길 말이다.

민경욱

서점 괴담

2026년 3월 30일 초판 1쇄 발행

지은이 오카자키 하야토   **옮긴이** 민경욱
펴낸이 이원주

콘텐츠개발실 정혜경, 홍윤선   **디자인** 정은예
마케팅실 정주호, 신하은, 현나래, 이홍균, 양봉호, 박미진, 권금숙
디자인실 진미나, 윤민지   **디지털콘텐츠팀** 최은정   **해외기획팀** 우정민, 배혜림, 정혜인
경영지원실 강신우, 김현우, 이윤재   **제작실** 이진영
펴낸곳 팩토리나인   **출판신고** 2006년 9월 25일 제406-2006-000210호
주소 서울시 마포구 월드컵북로 396 누리꿈스퀘어 비즈니스타워 18층
전화 02-6712-9800   **팩스** 02-6712-9810   **이메일** info@smpk.kr

ⓒ 오카자키 하야토 (저작권자와 맺은 특약에 따라 검인을 생략합니다)
ISBN 979-11-24070-73-4 (03830)

쌤앤파커스(Sam&Parkers)는 독자 여러분의 책에 관한 아이디어와 원고 투고를 설레는 마음으로 기다리고 있습니다. 책으로 엮기를 원하는 아이디어가 있으신 분은 이메일 book@smpk.kr로 간단한 개요와 취지, 연락처 등을 보내주세요. 머뭇거리지 말고 문을 두드리세요. 길이 열립니다.